보물창고

1판 1쇄 발행 ｜ 2019년 11월 5일

지은이 ｜ 임민자
발행인 ｜ 이선우
펴낸곳 ｜ 도서출판 선우미디어

등록 ｜ 1997. 8. 7 제305-2014-000020
02643 서울시 동대문구 장한로 12길 40, 101동 203호
☎ 2272-3351, 3352 팩스: 2272-5540
sunwoome@hanmail.net
Printed in Korea ⓒ 2019. 임민자

값 13,000원

※ 잘못된 책은 바꿔 드립니다.
※ 저자와 협의하여 인지 생략합니다.
※ 이 도서의 국립중앙도서관 출판예정도서목록(CIP)은 서지정보유통지원시스템 홈페이지
(http://seoji.nl.go.kr)와 국가자료공동목록시스템(http://www.nl.go.kr/kolisnet)에서 이용하실 수
있습니다.(CIP제어번호: CIP201904247)

ISBN 978-89-5658-624-3 03810

보물창고

임민자 수필집

선우미디어 sunwoomedia

새로운 삶을 향해

《박하꽃 향기》에 이어 두 번째 수필집을 출간하면서 감회가 남다르다. 2015년도에 설렘으로 냈던 첫 수필집과는 달리 이번에는 오년 내내 투병생활을 하면서 썼던 글이 대부분이다. 뼈 마디마디 짓누르는 근육통으로 시달리다 한밤중에 눈이 떠지면 비척대면서 컴퓨터 방으로 향했다. 항암을 하면서 견딜 수 있었던 것은 가슴에 담아 놓은 글을 한 편씩 토해내는 건 고통을 이겨내는 유일한 나의 방법이었다.

완치 판정을 받기 위해 마지막 검사를 했다. 내 몸이 종합병원이었기에 어떠한 기대도 두려움도 없었다. 지금까지 살아 온 길을 욕심내지 않고 천천히 걸으면 된다는 생각으로 검사를 마쳤다. 오늘 뜻밖의 완치되었다는 결과가 나왔다.

손에서 글을 놓지 않고 버텼던 것이 치료약보다 더 큰 보약이었던 것 같다. 또한 내 주위의 모든 사람들이 든든한 힘이 되어 주어 희망이었다. 앞으로 나에게 주어진 새로운 삶은 못 다한 학업을 마친 후, 건강이 허락한다면 문학인들이 자연을 만끽하며 글을 쓸 수 있는 쉼터를 마련하고픈 마음이다.

5년의 고통을 벗어나게 해준 내 가족과 작가의 길로 이끌어 주신 '철원의 시인' 정춘근 선생님, 문학동인 모을동비 회원들이 언제나 함께 하고 있다. 그리고 걱정스런 눈빛으로 내 건강을 지켜 주신 S병원 김용석 교수님과 이강건 교수님께 지면을 통해 진심으로 감사드린다. 가끔 건강음식을 보내준 지인들과 명절 때마다 엄마 손길처럼 설빔을 보내 주신 Y선생님과 선우 사장님, 그리고 시골 글쟁이에게 힘이 되어 주는 한국수필가협회 이사장님과 회원님들, 작가회 회원님들께 감사드린다.

2019년 6월

임민자

차례

01. 이만큼만 아프게 해 주세요

01

이만큼만
아프게
해 주세요

새끼 치는 쌀 포대

추석을 앞두고 현관 앞에 쌀 두 포대를 놓아두었다. 그런데 잠자고 일어나면 새끼를 치고 있었다.

매년 명절 때마다 쌀, 라면 등 내가 챙기는 사람이 있다. 그는 오래 전부터 알고 지내는 사이로 양손에 장애까지 있어 어렵게 살고 있다. 자주 들를 수 없어 안타까운 마음을 알고 명절 때만은 자식들이 인사를 간다. 오랜 세월이 흐르다 보니 이제는 말 안 해도 자식들이 그 집에 보낼 선물까지 준비해 온다.

두 번째 쌀 보낼 곳은 애물단지 동생이다. 내 가슴을 까맣게 태운 동생이었다. 두 번 다시 안 볼 것처럼 돌아섰다가도 돌아가신 부모님을 떠올리면 형제의 끈을 놓지 못한다. 두 집으로 보낼 햅쌀을 사놓고 보니 내 자식들이 마음에 걸렸다.

군소리 없이 집안행사 때나 명절을 잊지 않고 꼬박꼬박 챙긴다.

그리고 나를 위해 좋다는 것은 다 사다 나른다. 그런 자식들에게 쌀 한 포대씩 주는 걸 망설이는 못난 어미다.

그런데 자고 일어나니 쌀 포대가 새끼를 쳤다. 앞집 농부 아저씨가 명절 쇠라며 햅쌀을 쌀 포대 위에 내려놓았다.

불현듯 큰아들 생각이 났다. 가족 모두가 밥을 잘 먹어 한 달에 쌀 한 포대로 모자라는 큰아들에게 주고 싶었다. 또 큰아들은 요즘 시대에 맞지 않게 도시락을 가지고 출근 한다. 철원 쌀은 식어도 밥 맛이 구수하다는 아들 말에 기분이 좋았다. 앞집 아저씨가 주신 쌀은 큰아들 몫으로 정해 놓고 보니 또 다른 자식이 걸렸다.

내 마음을 아는 듯 늦은 밤, 쌀 포대가 두 번째 새끼를 쳤다. 아는 언니가 친척 방앗간에서 온 종일 다리가 퉁퉁 붓도록 일하고 받은 품삯이었다. 언니가 끙끙대며 내려놓은 쌀 포대 위로 작은 새끼들이 계속 늘어났다.

막냇자식까지 모두 챙겨도 여러 쌀 포대가 남아 있었다.

평소에 먼 곳에 살고 있어 마음으로만 챙겼던 지인들께 명절을 앞두고 햅쌀을 보내드렸다. 홀로 맞이하는 명절에 철원 쌀을 아침상에 올려 마음이 풍성했다고 전화가 왔다. 또 가족과 함께 맛있게 먹었다는 그분들의 정감 있는 말에 내 배가 더 불렀다.

모두 나누어 주고도 한 포대가 남았다. 누굴 줄까 밤새 곰곰이 생각을 했다.

올 명절에는 아픈 몸으로 제사를 지낼 수 없어 음식 장만도 못 했다. 부모님 제사상도 올리지 못한 처지에 햅쌀밥 먹기가 죄스러웠다. 그래서 묵은 쌀로 명절 아침을 맞이하려고 했었다. 그런데 참으로 희한한 일이 생겼다. 어젯밤까지 멀쩡하던 쌀 포대가 아침에 보니 질질 새고 있었다. 할 수 없이 텅 비워가는 우리 집 쌀통을 채웠다.

명절 쇠고 떠나는 날 새끼 쳤던 포대를 자식들 차에 실어 주었다. 작은며느리가 내 눈길을 피해 쌀 포대를 형님네 차로 옮기는 게 아닌가. 아마도 도시락 싸가는 형님네를 생각한 듯 했다.

나는 자식들의 모습에서 전래동화에 나오는 의좋은 형제의 그림을 보고 있었다.

(2016. 10.)

아직 할 일이 많아

'설마…' 남의 일인 줄만 알았다. 건강검진을 받을 때마다 재검하라는 통지를 받았다. 그때마다 빠짐없이 병원을 찾아 재검사를 했었다. 그런데 하필 건강검진 받고 오던 날 왼쪽 속옷이 붉은 빛으로 얼룩져 있었다. 혹시나 음식 먹다가 흘려 속옷까지 배어든 줄 알았다. 세 아이를 모유로만 키워냈고, 아기들이 유독 왼쪽 젖으로 배를 채웠기에 내 나름대로 안심을 하고 살았다. 그런데 누르기만 해도 유두에서 붉은 액체가 뚝뚝 떨어졌다. 가슴이 덜컥 내려앉았다.

병원을 찾았을 때 의사선생님은 유선이 노화되어 생긴 병이라고 했다. 수술을 하고 조직검사를 했다. 조직검사 결과 '상피내암'이라는 병명이 나왔다. 한 번도 들어본 적 없는 병이었다. 암으로 가기 직전이라고 했다.

방사선 치료를 33번 받도록 몸으로 느끼는 고통은 없었다. 다만 방사선 받은 부분만 검은 얼룩으로 남아 있었다.

방사선 치료가 끝나자 남의 이야기로 쉽게 흘려보냈던 우울증이 찾아왔다. 몸과 마음이 손끝 하나 꼼짝하기 싫었고 눈물만 흘렸다. 높은 건물에 올라가 창문으로 아래를 내려다보면 뛰어내리고 싶은 충동이 밀려왔다. 뛰어내리면 내 옆구리에 날개가 돋아 훨훨 날 것만 같았다. 내 눈에 비친 세상은 암울하기만 했고, 신경이 날카로워 매사에 짜증이 났다. 점점 병세가 심각해졌지만 치료를 받아야 한다는 생각보다 정신과에 가면 내 삶에 큰 오점이 남을 것만 같았다.

점점 황폐해 가는 나를 돌아보다가 정신이 번쩍 들었다. 무언가를 해야 우울증에서 벗어날 것 같아 아는 언니를 따라 스포츠 댄스를 배우러 갔다. 나이 드신 분들이 음악에 맞춰 빙글빙글 돌아가는 활기찬 발놀림에도 아무런 감흥이 없었다. 시끌벅적한 이곳을 벗어나고픈 마음만 들었다. 두 번을 가보고는 춤 배우는 것은 포기했다.

혼자 힘으로는 도저히 우울증을 감당할 수 없어 병원을 찾았다. 상담을 받고 처방전 약을 먹었다. 암흑처럼 보이던 세상이 한 겹씩 벗겨지고 있었다. 스스로 병원을 찾았던 것이 지금 생각해도 참 잘한 일 중에 하나이다.

4개월 동안 우울증 치료를 받으면서 친구의 권유로 어려서부터 꿈꾸어 오던 학교에 입학을 했다. 방송통신중학교에 입학하면서 우울증 약도 끊었다. 2주에 한 번씩 도시락을 가지고 한 시간 넘는 학교 가는 길은 힘든 줄도 몰랐다. 배움의 열망으로 가득 찬 사람들과 마음을 열고 수업 받는 시간들이 눈 깜빡할 새 지나갔다. 일학년을 마치고 한참 학교생활에 재미가 솔솔 날 무렵 또 나에게 시련이 찾아왔다. 방사선을 33번이나 받았는데 일 년 만에 다른 부위에서 암이 발견되었다니 더욱 믿을 수가 없었다.

육십 평생 살면서 지긋지긋하게 힘들게 살았다. 이제는 삼형제 모두 결혼시키고 귀여운 손녀들 재롱 속에 웃는 날만 기대했었다. 그리고 남은 인생 나를 위해 살려고 나름대로 계획도 세웠는데 모든 것이 한 순간 와르르 무너지는 좌절감에 빠지고 말았다. 아무런 통증도 없는데 암이라니 의사의 오진일 거라는 생각만 자꾸 스쳤다.

진료실을 나와 집으로 오는 차안에서 하염없이 눈물이 흘렀다. 자식들이 돌아가면서 전화를 했다. 한숨만 푹푹 쉬는 큰아들과 둘째에게 통화하면서 수술 안 하고 이대로 살다 가겠다고 어린 아이마냥 떼를 썼다. 형들에게서 연락받고 막내가 전화를 했다.

"엄마가 없으면 우리는 어떻게 해."

라는 막내의 애절한 목소리가 완강하게 버티던 나를 흔들고 있었다. 막내는 어릴 적에도 오랫동안 내 젖가슴으로 파고들던 아들이었다.

결혼하여 내 품을 떠난 자식들이 새 가족이 생기면서 내게서 점점 멀어져 가는 것 같아 서운한 적도 있다. 그러나 엄마의 역할은 멀리서 잘 사는 자식들을 지켜봐 주는 일이라고 여기면서 천천히 마음을 비우고 있었다.

자식들은 번갈아 가면서 수술 날짜를 확인하고 휴가를 내 병간호까지 자청했다. 수술을 마치고 12번의 항암치료가 시작되었다. 병원에 가면 가끔 눈에 띄던 회색 커버를 씌워 놓은 링거를 내 혈관에 꽂고 있었다.

누구나 자신은 아닐 거라고 부정하며 살고 있다. 그러나 점점 현실로 다가오고 있었다. 처음엔 멋모르고 맞던 항암이었는데 횟수가 더해갈수록 고통은 극심해졌다. 고통과 맞서는 것보다 살살 달래가면 친구가 된다는 말을 지인에게 들은 적이 있었다.

치료 받을 때마다 숨을 쉬면 매캐한 냄새로 울컥울컥 내장을 뒤집었다. 지독한 항암보다 더 진한 향은 아이스커피였다. 평소에 먹지 않던 진하게 탄 아이스커피로 메슥거림을 달래곤 했다. 또 곁들여 새콤달콤한 사과와 귤을 먹었다. 그리고 항암 맞는 지루한 시간에는 평소에 좋아하는 음악을 심취하여 들었다.

치료 받으면서도 학교는 빠지지 않고 다녔다. 나를 걱정하는 학우들의 진심어린 눈빛과 주변에 사는 지인들의 염려 속에 중간 쯤 치료를 받다 보니 어느 새 12월이 되었다.

언제나 치료 받고 오는 날에는 주변에 사는 언니나 동생들이 지친 입맛을 돋우는 음식을 식탁에 차려놓고 갔다. 산에서 주워 손수 만든 도토리묵을 시원한 동치미 국물에 말아 먹으면 메슥거리던 속이 가라앉곤 했다. 그들의 정성으로 항암을 하면서도 음식은 잘 먹었다. 병원에서 처방해주는 메슥거릴 때 먹는 약은 초반에 두 번 먹는 걸로 끝냈다. 그리고 감사한 것이 또 있었다. 머리카락이 빠지지 않았다.

손톱만 까맣게 변해갔다.

아! 그리고 또 나에게 고통을 딛고 일어날 수 있는 행운이 찾아왔다. 불혹의 나이에 취미생활로 시작했던 문학이 병을 이길 수 있는 힘이 되었다. 방사선을 받고 우울증에 시달릴 때였다. 불면증으로 잠을 못 자도 약을 안 먹고 눈이 감길 때까지 글을 수정하면서 버텼다.

오래 전부터 계획했던 일이기도 했다. 내가 환갑이 되는 해 수필집을 발간하기 위해 끊임없이 글을 썼다. 2011년도에 등단하고 2015년도에 첫 수필집을 냈다. 그런데 2016년도 크리스마스 선물처럼 내 책이 '세종문학나눔' 우수도서로 선정되었다는 소식에 꿈인지 생시인지 믿을 수 없었다.

나는 작품을 쓰면서 자신이 없었다. 배움이 부족하고 시골에 묻혀 사는 나에게 온 뜻밖의 행운에 축하 인사 받느라 정신이 없었다. 그 덕분에 남은 항암은 힘든 줄 모르고 지나갔다.

누군가 그랬다. 유방암은 재발이 잘 된다고, 그러나 나는 두렵지 않다. 밤마다 약의 부작용으로 뼈마디가 녹아내리는 듯 고통이 찾아오고, 손 마디마디가 퉁퉁 부어 구부러지지 않아도 새벽에 자판을 두드리며 작품도 쓰고 학교 숙제도 한다. 그 시간만큼은 모든 걸 잊는다. 작년에 의정부에 있는 호원고등학교에 입학을 했다. 시험 때면 최선을 다해 공부하며 어린 시절 받은 적 없는 학력상도 받았다. 그리고 작년에는 강원작가상과 상금도 탔다. 그 상금을 보람 있는 곳에

후원도 했다.

　내가 내일 삶을 마감할지 몰라도 나는 새로운 꿈을 꾸며 살고 있다. 올해 두 번째 수필집을 내고 내 나이 칠십이면 대학을 졸업 한다. 그때 세 번째 책을 낼 계획이다. 나는 오늘도 신께 부탁을 한다. '칠십 까지만 살게 해 달라.'고. 아마도 내 간절한 소원은 이루어질 것이다. 신이 내 명줄을 조금 더 늘려 주지 않을까도 살짝 기대도 해본다.

　나는 아직 할 일이 많으니까.

(2019. 5. 25.)

이만큼만 아프게 해 주세요

진료실에서 내 표정을 바라보는 의사선생님 눈빛에 나는 항상 긴장을 한다. 수술한 지 일 년 만에 재발로 방사선에 항암치료까지 받은 터라 더욱 그렇다. 의사선생님은 내 차트를 열면서 항상 묻는 질문이 있다.

"괜찮아요?"

이번에는 다른 말로 바뀌었다.

"안 아파요?"

왜 안 아프겠는가. 엄습하는 통증으로 밤마다 깊은 잠을 들지 못한다. 새벽이면 뼈 마디마디가 녹아내리듯이 아픈 몸을 안마기에 맡기고 있다. 뻣뻣이 굳어있는 손가락, 흠씬 매 맞은 듯한 몸, 차라리 누구에게라도 맞았다면 고소하고 보상이라도 받을 텐데… 자신이 건강관리를 제대로 못한 벌이니 누굴 원망할 수도 없다.

항암치료 받고나면 처방전으로 내주는 약이 있다. 내 새끼손톱의 반도 안 되는 그 노란 약이 뼈 마디마디를 짓누른다. 그 약을 복용하는 대부분의 환자들이 근육통을 호소한다. 그래서 고통을 견디지 못하는 환자들에게는 약을 다른 것으로 바꾸어 준다고 했다. 나는 처음에 수술 받고 먹은 약이 효과가 없어 일 년 만에 재발되었다. 그래서 재수술 후 먹는 약이 아무리 독해도 바꿀 수 없다고 내가 도리질을 한다. 고개를 끄덕이는 의사 선생님께 "선생님 이만큼만 아프면 견딜 수 있어요."

앞으로도 완치 판정을 받으려면 두 해가 더 남았다. '이까짓 쯤이야.' 내 자신을 향해 코웃음을 쳤다. 언제부터인지 나는 참는 법을 배웠다. 그리고 달래는 방법도 터득했다. 내 몸을 아기처럼 어르면서 살살 달랜다.

고기만 좋아하던 내 식성을 야채로 바꾸었다. 물론 집에 있는 가족들은 염소처럼 풀만 먹는다. 가끔 포식하는 날은 손님이나 자식들이 오는 날이다. 그 날은 갈비찜도 하고 사골국도 끓인다. 예전에는 가족들 입맛에 맞추어 음식을 만들었지만 이제는 입덧하는 사람처럼 그때그때 내 입맛에 도는 것만 찾아 먹는다.

의사 선생님은 병원에서 처방해 주는 약도 중요하지만 먹는 음식으로 병을 치료하는 것이 더 빠르고 부작용이 없다고 했다. 그리고 병의 원인이 스트레스란다. 신경을 안 쓰고 살 수는 없지만 되도록 무시하는 일이 많아졌다. 걱정을 늘 품에 안고 살았던 자식들, 전화가 없으면 몸이 달아 내가 먼저 수화기를 들곤 했다. 무소식이 희소식이 아니었던가, 가슴이 저리도록 보고 싶은 손녀딸 목소리가 듣고 싶어도 참는다. 그러면서 인내하고 마음에서 떠나보내는 법을 터득하면서 살아간다.

이제는 집안일이 나를 위주로 돌아가게 만들었다. 내가 하는 일에 따라 가족들이 움직인다. 내 행동에 따라 운전기사가 항상 대기해 있고, 식사가 끝나면 설거지 당번도 있다. 별채에서 살고 있는 동생은 집 안팎을 청소하는 마당쇠다. 나는 재벌 사모님보다 더 호사를 누리며 살고 있다.

나는 오늘밤도 신께 '이만큼만 아프게 해주세요.' 라고 간절히 빌고 있다.

설빔

동생들 설빔 때문에 나는 구박덩이였다.

명절이 제일 싫었던 어린 시절이었다. 이웃에서는 명절 준비로 부산한데 우리 집은 언제나 텅 빈 것처럼 썰렁했다. 명절이 다가오면 우리 이웃에 있는 방앗간에서는 떡 찌는 행렬이 끝이 보이지 않았다. 또 집집마다 풍기는 고소한 냄새에 뱃속의 회까지 꿈틀거려도 우리 남매들은 군침만 삼켜야 했다.

어머니는 명절이 다가오면 부부싸움하고 가출하는 날이 많았다. 또래 아이들은 부모가 오일장에서 사온 설빔을 입고 골목길을 뽐내고 다녔다. 평소에 골목을 주름잡던 우리 남매들만 무릎이 해진 바지를 입고 있었다.

명절 아침이면 낡은 옷차림으로 아버지를 따라 큰집으로 제사를 지내러 갔다. 먼지 펄펄 나는 신작로를 따라 이십여 분을 걸으면 큰

집이 보였다. 대문 밖으로 음식냄새가 솔솔 풍겼고 부엌에서 달그락거리는 소리가 났다. 또 큰어머니의 억센 말투에 집안일 돌보는 처녀의 더듬대는 음성까지 들렸다. 우리가 큰집 가까이 가면 담 너머로 들리던 명절 아침 풍경이었다.

시골에서 미리 오신 꼬부랑 할머니는 아버지를 앞세우고 들어서는 우리를 반갑게 맞이했다. 슬하에 오 남매를 둔 할머니에게는 작은 아들인 아버지가 제일 아픈 손가락이었다. 할머니는 내 손을 잡고 혀를 차며 눈가를 꼭꼭 찍어내곤 했다.

큰집에는 조카들 삼남매가 있었다. 큰어머니가 준비한 설빔으로 말끔히 차려 입은 조카들을 바라보는 동생들의 부러운 눈빛에 나는 고개를 돌리곤 했다. 큰집에 오면 우리를 바라보는 친척들 앞에서 늘 주눅이 들었고, 우리를 챙기는 할머니 엉덩이를 졸졸 따라 다녔다.

차례가 끝나면 집에서 먹지 못했던 색다른 음식이 상다리가 부러지도록 나왔다. 식사를 마친 친척들은 서로 덕담을 나눴다. 덕담을 나누다 동물원의 원숭이를 바라보듯 일제히 우리에게 시선이 왔다. 친척들이 측은한 눈빛으로 명절에 참석 못한 어머니를 물어보는 게 제일 견디기 힘들었다. 또 친척들과 이야기 나누면서 내는 아버지 한숨 소리가 내 가슴에 천둥소리로 들렸다.

나는 식사를 마치면 자리를 털고 일어나는데 할머니는 큰어머니 눈치를 보며 싸 놓은 설음식을 내 손에 쥐어주었다. 그리고 시골에서 가져온 누런 광목 보따리를 슬며시 꺼냈다. 보따리 속에는 짚으로 엮은 동고리에 계란이 들어 있었다. 정성껏 한 알 한 알 모은 달걀과 세면 종이에 둘둘 말은 갱엿에서 할머니의 진한 향기가 배어 나왔다. 할머니는 나에게 부탁을 했다. 아침이 밝으면 하루에 한 알씩 아버지 머리맡에 달걀을 갖다 놓을 것을 신신당부하는 할머니 목소리가 촉촉이 젖어 들곤 했다.

명절날 한복은 고사하고 새 옷조차 입을 수 없었던 동생들이 안타까웠다. 내가 명절 며칠 전부터 아버지의 일터인 사진관을 찾아가 아무리 떼를 써도 못들은 척 했다.

내게는 소원이 있었다. 언젠가 동생들에게 남들처럼 설빔을 해주고 싶었다. 드디어 동생들 설빔해 줄 기회가 왔다. 어머니가 가출하면서 깜빡 두고 간 금반지 두 돈이 있었다. 어머니에게 야단맞는 것보다 동생들이 설빔 입고 골목에서 뽐내고 다닐 상상만으로도 가슴이 설렜다.

반지를 팔아 돈을 두둑이 챙긴 나는 세상 부러울 게 없었다. 집 근처에 있는 오일장보다 상점이 많은 곳에서 옷을 사고 싶었다. 친구와 함께 버스로 삼십여 분을 달려 논산시내에서 내렸다. 논산 시내 여러 곳을 구경하면서 동생들이 좋아할 근사한 옷으로 샀다. 남동생들보다 항상 마음에 걸렸던 여동생은 화사하고 깜찍한 옷으로 여러 벌을 골랐다. 설날에 새 옷 입고 활짝 웃는 동생들, 어머니에게 야단맞는 것쯤은 두렵지 않았다.

명절 때면 어깨가 축 처져있던 동생들에게 새 옷을 입혀 놓으니 부잣집 도령 부럽지 않았다. 신발을 질질 끌며 아버지 뒤를 쫓아가던 동생들은 한 발 앞서 큰집을 향해 다람쥐처럼 뛰었다. 맛있는 음식보다 큰집 조카들에게 새 옷을 맘껏 자랑하고 싶었나 보다.

어머니는 집에 돌아와 반지 판 죄로 나를 여러 날 호되게 꾸짖으셨다. 세월이 흘러도 동생들 설빔해 준 것이 내 마음 한 구석에 뿌듯한 기억으로 남아있다.

눈부시도록 고운 한복을 입고 손녀들이 세배를 한다. 세뱃돈 챙기는 손녀들 고사리 손에 어린 시절 내 추억도 복주머니에 함께 넣는다.

(2016. 2.)

시험 불안증

'넌 잘할 수 있어. 세상에서 네가 최고야.'

여러 번 되풀이하자 콩닥콩닥 뛰던 심장이 서서히 가라앉았다.

오랜 시간 꿈꾸어 왔던 대학에 진학하고 싶었다. 중학교 삼년동안 차근차근 기초를 다지며 드디어 올해 고등학교에 입학했다. 중학교 때는 일 년에 두 번 보던 시험이 고등학교 올라오면서 배로 늘어났다. 시험 때마다 살짝 긴장이 되고 죄진 사람처럼 떨렸다. 선생님은 부담스러워 하는 우리들에게 취미생활로 생각하고 편안히 시험을 보라고 했다. 그러나 나는 못 갈망정 꿈이라도 크게 갖고 대학을 목표로 삼았다. 대학에 가려면 내신 성적을 관리해야 하기 때문이었다.

집에서 예상문제를 수없이 풀었는데도 시험지만 받으면 눈앞이 깜깜했다. 수능도 아니고 취업 시험도 아닌데, 손이 떨리고 가슴은 방망이질을 해댔다. 답안지에 체크하려고 하면 수전증 있는 사람처럼 손가락이 엉뚱한 곳으로 가버렸다. 하는 수 없이 왼손으로 오른손을 꼭 잡고 천천히 답안지에 체크를 했다. 그래도 오답이 나오면 감독관 선생님을 여러 번 불러서 고치곤 했다. 자주 고치다 보니 선생님과 친구들에게 미안하고 눈치도 보였다. 신경을 바짝 쓴 탓인지 눈도 침침하고 집중을 할 수 없었다. 문제 풀던 손을 살며시 놓고 눈을 감았다.

며칠 전 티브이에서 보았던 정신과 의사가 떠올랐다. 믿음직한 큰오빠처럼 보였던 의사는 탈북민들을 치료하고 있었다. 목숨을 걸고 두만강을 건넜던 탈북민들은 자유는 찾았지만 그들이 북에서 겪었던 악몽으로 밤마다 시달리고 있다고 했다. 사람으로는 도저히 상상 할 수 없는 총살 현장을 대다수가 목격했고, 북에 남겨 둔 가족 걱정에 불안증과 불면증에 시달리고 있었다. 의사는 그들을 치료하면서 먹는 약도 중요하지만 자가 최면요법이 도움이 된다고 했다. 그들도 최면요법을 받으면서 불안증과 불면증에 많은 효과가 있다고 증언을 했다.

의사가 방송에서 보여줬던 대로 눈을 꼭 감고 양 손으로 나를 토닥거렸다. 조금씩 긴장됐던 눈꺼풀도 부드러워졌다. 시험 과목이 바뀔 때마다 나를 감싸 안고 토닥거리며 주술사처럼 입속으로 중얼거렸다. 다행히 제일 앞자리여서 다른 친구들 눈에 띌 걱정은 없었다. 감독하는 선생님 눈에 띄면 이상한 사람으로 비춰질까 조심조심 행동을 했다. 점점 자신감이 생겼다.

나를 보듬으면서 내 자신이 무엇보다 제일 소중하다는 생각이 머릿속에 스쳤다. 말로는 힘든 걸 표현하면서도 한 번도 내 자신을 위로하며 안아준 적 없었다. 내 손길이 나를 토닥거리는데도 엄마 품에 안긴 듯 포근하고 따뜻했다. 어느새 콩닥대던 가슴이 안정을 찾아가고 있었다.

그 덕에 이번 시험은 편안하게 치를 수 있었다. 늘 농담처럼 목표 삼았던 올A는 어림없어도 다음 시험에서 다시 도전할 것이다. 도전은 내 삶의 활력소이기도 하다.

이제는 내 자신을 사랑하는 법을 터득했다. 힘들 때마다 나를 감싸 안고 최면요법 하는 버릇이 생겼다.

'넌 잘 할 수 있어. 세상에서 네가 최고야….'

(2018. 10.)

이방인의 미소

스마트 폰에 빠져있는 이방인, 붕붕대는 버스 소리에 껌 딱지처럼 붙어있던 엉덩이를 번쩍 들며 "의정부?" 표를 받는 기사가 머리를 흔들자 다시 대기 의자에 앉는다. 스마트 폰에 빠져 히죽히죽 대는 흰 잇속이 돋보여 눈길이 갔다. '야동을 보는 건가, 아니면 여자친구와 카톡을, 요즘 새로 나온 오락인가?' 재미있는지 웃음을 터트리기도 한다.

노인 셋이 낑낑대며 양손에 든 짐을 이방인 앞에 털썩 내려놓고는 굽은 허리를 쭉 펴고 빈 의자를 찾아 두리번거렸다. 이방인 사내는 스마트 폰을 멈추고 힐끗 보더니 의자에서 벌떡 일어났다. 반사적으로 두세 명의 젊은이들도 노인들에게 자리를 내줬다. 이방인과 우연히 내 눈과 딱 마주쳤다. 번뜩이는 눈망울에 약간 두려움을 느꼈으나 당연하다는 듯이 양보한 의자에 앉은 노인들을 대신해 눈인사를 건넸다.

혼잡한 지하철이나 버스를 타다보면 점점 세상이 각박해지는 걸

볼 수 있다. 피부색은 달라도 몸에 밴 이방인의 행동이 요즘 젊은이와 달라 보였다. 부모는 자식의 거울이라 했다. 그를 예의바른 청년으로 키운 부모가 어떤 분인지 상상이 갔다.

이방인은 붕붕대는 버스마다 행선지를 묻고 다녔다. 아마도 한글을 모르는 듯 했다. 마침 내가 기다리는 차가 그가 가려는 목적지였다. 그의 곁으로 다가가 옷깃을 살며시 당겼다. 손가락으로 '의정부 경유'라고 쓴 빨간색 팻말이 붙은 유리창을 가리켰다.

"의정부?" 나는 고개를 끄덕거리며 따라서 반복을 했다. 버스 문이 열리고 기사에게 표를 내밀며 다시 한 번 확인을 했다. 맨 뒷줄에서 나만 바라보던 사내는 내가 손짓을 하자 성큼 버스에 올랐다.

서울 시내를 벗어나 의정부까지 오도록 그를 까마득히 잊고 있었다. 터미널에 도착하자 사람들은 다 내리고 맨 마지막에 수문장처럼 이방인은 버스 문을 가로막고 있었다. 나를 찾는 듯 고개를 길게 빼고 좌석마다 눈길을 보낸다. 내가 눈에 띄자 그는 고개를 끄덕였다.

"오케이." 손가락을 동그랗게 보이며 쉬운 영어 단어라고 나는 자신만만하게 한마디 던졌다. "감사합니다."

'아이고 차라리 우리말을 할 걸.'

나보다 사내의 한국어 발음은 더 정확했다. 영어가 객지 나와 망신당한 것 같아 쥐구멍이라도 있으면 들어가고 싶었다. 차창 밖에서 손을 흔들며 활짝 웃는 이방인, 따가운 햇살에 흑진주 미소가 유난히 반짝였다.

(2017. 10.)

골목길

저벅저벅 점점 소리가 크게 들렸다. 잠은 천리만리 달아나고 발자국 소리에 귀를 기울였다. 창문 앞에서 걸음을 딱 멈춘 듯 조용하다. 문틈으로 살짝 밖을 내다본다. 희미한 불빛 아래 담벼락에 우뚝 선 사내는 주위를 살피고 있었다. '도둑인가…' 머리 끝이 곤두서면서 온몸에 한기가 내린다. 갑자기 '쫘' 하는 소리에 살며시 창문을 닫았다.

이곳으로 이사 온 지도 벌써 일 년이 되어간다. 헌 집을 수리하면서 작은 창들은 크게 넓히고 거실은 창문만 손을 대지 않는데 수도꼭지가 달려있는 걸 보니 예전에 주방으로 쓴 것 같다. 집안이 어둠침침해 좁은 창문을 크게 트면 거실이 환할 것 같은데, 골목하고 가까워 밖에서 집 안이 환히 들여다보였다. 어쩔 수 없이 수도꼭지를 볼트로 막는 걸로 마무리를 했다.

작은 창이지만 마음이 답답하거나 바람이 그리우면 활짝 열어 놓는다. 골목에서 불어오는 맞바람은 청량제만큼이나 시원하다. 그 신선한 바람을 실컷 마시고 싶어 심호흡을 크게 한다. 좁은 길인데도 새로 단장한 듯 아스팔트 양쪽 라인이 선명했다. 길을 마주보는 낮은 집들은 평수가 엇비슷하다.

철원이 수복되고 이곳이 한때는 북적북적한 시장이었다. 오일마다 장돌뱅이가 풀어놓는 짐 보따리가 총천연색을 이루었다. 또 난전에서 채소 파는 아낙들이 쭈그리고 앉아 싱싱한 야채를 다듬었던 시장 골목이었다. 지금은 그들의 소금기 젖은 땀 냄새는 사라지고 바람을 타고 쓸쓸한 풍경만 골목을 맴돌고 있다.

소형차가 들어와도 돌릴 수 없는 좁은 골목이다. 오일장은 사라지고 가끔씩 사람소리로 왁자할 때가 있다. 노인들만이 살고 있는 한적한 이 골목에 언제부턴가 하굣길 학생들이 빙 둘러서서 잡담하는 은밀한 장소로 변했다. 이곳은 골목길 사람들이 큰 도로로 나가는 직선 길이기도 하다. 미로 같은 이 길을 통해 나가면 약국, 미용실, 마트가 있는 대로변이 나온다. 가끔 요리를 하다가 재료가 떨어지면 뒷문에 벗어놓은 슬리퍼를 질질 끌고 마트로 향한다.

창문을 열 때마다 눈에 거슬리는 것 두어 개가 있다. 여름이면 하루가 다르게 자라는 잡초들을 보면 당장이라도 밖으로 나가 뽑아 버리고 싶어지고, 밤길에 툭 튀어나온 하수도 철망에 사람들이 넘어질까 봐 그것도 걱정이다. 읍사무소에 고쳐달라고 민원을 넣었는데 예산이 없는지 감감 무소식이다.

그 뿐이랴, 이웃집은 오래 전부터 빈집으로 방치되어 곳곳이 풀들로 뒤엉켜 있다. 군데군데 뻥 뚫린 담벼락, 굳게 닫힌 창문과 녹슨 방범창만 봐도 빈집이라는 걸 단박에 알 수 있다. 희미한 가로등마저 없었다면 우범지역 같았을 것이다.

며칠 앓고 나더니 답답한 마음이 어깨를 짓누른다. 맑은바람이나 쏘일까 싶어 창문을 열었다. 잦은 봄비로 잡초들이 더 무성하게 자라 어느새 골목 사람들 발길을 스치고 있었다. 이대로 두었다가는 잡초에 씨앗까지 맺혀 골목길이 온통 풀밭으로 변할 것 같아 조바심이 났다.

늦은 오후, 장갑을 끼고 잡초가 무성한 골목에 쭈그리고 앉았다. 노랗게 핀 애기똥풀이 어느새 뿌리를 깊게 내렸는지 한손으로는 끔쩍도 않았다. 힘으로는 역부족이라 가져 온 호미로 파헤치며 뽑아냈다.

크게 자란 잡초들을 다 뽑아내니 그동안 큰 키에 가려 기죽어 있던 제비꽃이 활짝 웃으며 눈인사를 한다. '너는 예쁘게 자라도록 보살펴 줄게.' 나의 속삭임에 바람에 나풀대며 안도의 긴 한숨을 내쉰다. 저만치 솜털 대궁을 흔들면 흰 민들레가 나도 살고 싶다며 애교스런 몸짓을 한다. '너도 안 뽑을 테니 걱정마라.' 노란 민들레도 덩달아 봐달라고 수줍게 웃는다.

"잡초에 걸려 넘어질 뻔 했는데 고맙수다."

불편한 몸을 지팡이에 의지하며 한 발자국씩 걷는 노인에게서 오랜 세월 골목을 지켜온 흔적이 묻어났다.

(2017. 5.)

천원의 가치

"앗! 돈이다."

얼핏 보니 틀림없는 지폐다.

살랑살랑 부는 바람에 지폐가 날아가고 있다. 인도가 움푹 파인 곳도 모르고 날아가는 종이를 쫓아가다 앞으로 꼬꾸라질 뻔 했다. 접질린 발목이 시큰시큰하다. 멈췄다가 또 날아가는 종이가 인도에서 차도로 떨어질까 봐 절뚝이며 쫓아갔다. 얼핏 봐도 틀림없는 지폐였다.

마침 앞에서 걸어오는 사람도 없었다. 뒤를 돌아보아도 더위 탓인지 사람 그림자도 안 보인다. 바람이 잔잔해 지폐를 쫓아가다보면 약 올리듯 바람이 저만치 끌고 갔다. 마치 누군가 지폐에 실을 달아 장난치는 것 같았다. 여러 번을 바람과 실랑이하다가 드디어 지폐를 발로 밟았다.

혹시나 배추 이파리였으면 했는데 발밑에 지폐는 기대를 저버린 천원짜리였다. 나도 모르게 헛웃음이 나왔다.

천원도 막상 주우려니 죄지은 사람마냥 주위를 두리번거렸다. 발로 꼭 밟은 지폐를 슬며시 주워 지갑에도 못 넣고 펼쳐진 채로 흔들며 걸어갔다.

'길에서 주운 돈은 써버려야 한다.'는 속설이 있다. 걷다가 마주치는 어린 아이라도 있으면 더운 날씨에 아이스크림 사먹으라고 주고 싶었다. 아니면 박스 줍는 노인이라도 눈에 띄면 주려고 마음먹었다. 걸어서 집에 도착하도록 내가 원하는 사람은 눈에 띄지 않았다.

며칠째 천원 한 장이 책상 위에서 자꾸만 눈에 거슬린다. 문득 사천원을 보태 로또를 사면 어떨까… 운 좋게 10억이라도 맞으면 무엇을 할까 우선 큰아들 집 사주고 두 아들들 사업 밑천 대주고 또 한 가지 꼭 하고 싶은 게 있다. 근근이 월세로 있는 사무실 팔릴까 전전 긍긍하는 정춘근 시인님께 마음 놓고 작품 활동할 수 있는 번듯한 글방을 마련해주고 싶다. 꿈이라도 한 번 크게 가져보니 한순간 다 이루어진 듯 가슴이 부풀었다.

낮에 운동 가면서 주머니에 천원을 넣고 나갔다. 아파트 버스를 타고 창밖을 내다보다 운전석에 있는 기사님의 희끗희끗한 뒷머리가 눈에 띄었다. 칠순을 넘긴 연세에도 미소와 유머로 차를 타고 내리는 아파트 주민들을 미소 짓게 하는 기사님이었다. 나는 복권 사려는 마음을 바꿔 기사님 위해 주운 돈을 쓰기로 마음먹었다.

차를 타고 시내까지 가도록 천원으로 무엇을 살까 곰곰이 생각하면서 내렸다. 정류장 앞 국화빵 굽는 고소한 냄새가 발길을 멈추게 했다. 점심때가 훨씬 지나 기사님이 시장할 것 같다는 생각이 들었다. 그러다 오후가 되어도 식을 줄 모르는 무더운 날씨에 국화빵은 어울릴 것 같지 않아 자리를 뜨고 말았다.

운동을 마치고 사과주스를 여러 개 샀다. 변함없이 웃음으로 반기는 기사님께 내밀었다. 마침 갈증 났다며 고마워하는 기사님과 옆좌석에 탄 아주머니와 어린 아이들에게도 골고루 나누어 주었다. 음료수를 받아든 기사님과 아주머니, 찌는듯한 더위에 갈증이 확 날아간 듯 모두 단숨에 들이켠다.

주운 천원을 보태서 썼지만 마음은 한결 홀가분해졌다.

천원을 잃어버린 사람 마음은 짠하겠지만 나는 오늘 그 돈으로 여러 사람 입을 즐겁게 해주었다. 또 몇 날을 두고 찜찜했던 생각을 모두 털어버려 기분도 상쾌했다.

복권 사려는 마음을 고쳐먹고 천원 한 장의 가치를 보람 있게 쓴 것 같아 뿌듯함이 내 가슴을 채운다.

(2015. 8.)

꿈은 이루어진다

늦은 나이에 방송통신고등학교에 입학을 했다. 그런데 뜻하지 않게 담임의 추천으로 '사람 책'에 뽑혔다.

그 날부터 걱정거리가 생겼다. 내가 작가가 되기까지 살아온 이야기가 주제인데 과연 해낼 수 있을지 생각만 해도 가슴이 벌렁거렸다. 손녀 나이 또래 청소년들이 내가 살아온 삶을 이해 못 할 부분이 많을 텐데, 혼자서 고민하다 주위 분들에게 도움을 청했다.

내 삶을 누구보다 잘 알고 있는 선생님은 요점을 잡아 주었고, 문우들도 용기를 북돋아 주었다. 또 서울에서 30년 동안 교직에 계셨던 작가 선생님도 조언을 해주었다. 작가 선생님과 통화하다보니 내가 몰랐던 신세대들 생각을 조금은 이해 할 수 있었다.

일단 주제를 정하고 문단의 아우와 함께 원고를 쓰기 시작했다. 막막하다고 생각했는데 글로 쓰다 보니 한없이 쏟아져 나왔는데 육십 대 중반까지 녹록치 않았던 삶이 한 편의 소설이 되었다. A4용지 열 장을 꽉 채우도록 썼다. 되도록이면 눈물이 나올만한 부분은 뺐다. 그런데 연습 삼아 읽다보면 울컥울컥 넘어 오는 아픔들을 꿀꺽 삼켜야 했다.

학우들 응원을 받으며 오층에 마련된 장소를 찾아올라갔다.

수업에 들어가는 교사라도 된 듯 써놓은 원고와 학생들에게 소개할 책과, 물과 커피도 미리 챙겼다. 이른 시간이어서인지 교실에는 남학생 혼자 앉아 있었다. 나는 쑥스러워 문제집을 풀고 있는 학생에게 말을 걸었다.

"학생이 이 교실에 온 이유가 뭐지?"

"작가가 되고 싶어요."

내 질문에 서슴없이 대답을 했다.

당당하게 의사 표현하는 학생의 맑은 눈빛에서 나는 새로운 용기가 솟았다. 그리고 칠판에 예쁘게 오려 붙인 '꿈은 이루어진다.' 주제와 내 이름을 보면서 응원했던 사람들에게 실망을 주지 않겠다는 다짐을 했다.

교탁 위에는 출석부가 있었다. 정해진 시간이 되자 학생들이 하나 둘씩 들어왔다. 혹시나 빈자리가 많을까 내심 걱정을 했다. 진지한 표정으로 교실 문을 열고 출석체크를 했다. 결석 없이 자리를 모두 채워 준 학생들이 고마웠다. 강의를 시작하기 전 학생들에게 미리 양해를 구했다. 혹시라도 내가 눈물을 보이면 큰 박수로 격려해 달라고 했다.

내 소개를 시작으로 어린 시절 불우한 환경을 짤막하게 이야기 했다. 어린 나이에 결혼해서 작가가 되기까지의 과정을 이야기 하는 도중이었다. 참으려고 침을 꿀컥 삼켜도 목젖까지 차오르는 아픔에 이야기를 잠시 중단했다. 그리고 물을 천천히 삼켰다. 그 틈을 이용해 원고지를 슬쩍 보면서 단락의 주제를 벗어나지 않으려고 했다. 처음 대하는 학생들 앞에서 순탄치 않았던 내 삶을 털어 놓으면서 얼굴이 화끈거리고 등에서 땀이 흘렀다. 그러나 학생들에게 솔직하고 진실한 모습을 보여야 했다. 작가가 되기 위한 과정에서 두서너 명이 졸고 있다가 눈을 번쩍 떴다.

준비해 간 책을 한 권씩 나눠주면서 등단과 첫 수필집 발간을 소개했다. 그리고 우수도서선정과 강원작가상을 타면서 힘든 투병 생활을 견디고 있다고 했다. 내가 살고 있는 문학인들과 동인지를 소개하면서 황혼 나이에 작가의 꿈을 꾸고 있는 동아리 회원들 이야기도 곁들여 했다. 또 철원 태생의 '상허 이태준 선생'을 끊임없이 연구하면서 발간한 ≪이태준 평설≫을 소개하기도 했다. 마지막으로 내 자신도 끊임없는 노력을 했지만 방황하던 시절 내 손을 잡아 주신 지금은 고인이 되신 선생님과, 지금까지 묵묵히 지켜보는 철원의 시인 정춘근 선생님이 없었다면 이 자리까지 올 수 없었다는 이야기로 끝맺음을 했다.

또릿또릿한 눈으로 내 이야기를 들어 준 학생 중에서 먼 훗날 노벨

문학상을 타는 작가가 틀림없이 나올 거라는 기대를 한다고 했다. 그러면서 수상소감에 내 이름을 넣어 달라는 부탁에 학생들은 웃었다. 나와 가장 눈을 마주친 여학생에게 ≪박하꽃 향기≫ 내 수필집을 선물했다.

내 꿈도 이루듯 학생들의 반짝이는 눈빛에서 무지갯빛 꿈이 이루어지리라 믿고 싶다.

내 인생의 항해사

비행기 문이 열리고 훅 더운 바람이 몰려온다. 일어서며 짐을 챙기는 사람들의 억센 말투, 드디어 중국에 온 것이다. 나는 언니네 부부와 여행 다닐 생각에 벌써부터 마음이 들떠있었다.

언니와 첫 만남이 떠오른다.

신접살림한 지 몇 달도 안 돼 이사를 하게 되었다. 주인은 허리가 바짝 굽고 얼굴이 얽은 할머니였다. 우리가 사랑채로 이사 온 지 며칠이 지나 할머니가 살던 안방으로 이삿짐이 들어왔다. 갓난이를 업은 여자와 군인이었다. 할머니는 월세 받는 재미로 안방까지 내주고 난방도 시원찮은 뒷방으로 옮겼다.

안방으로 이사 온 여자는 나보다 나이가 서너 살 많았고, 말수가 적어 가까이 가기가 조심스러웠다. 그런데 알고 보니 고향이 서로 가까운 곳이라는 말에 낯선 곳에서 친정언니를 만난 것처럼 든든했다. 언니도 고향이 같다는 걸 알게 되고는 마음을 조금씩 열었다. 신혼살림이 서툴렀던 나는 부지런하고 음식 솜씨 뛰어난 언니의 손맛을 배우고 싶었다. 두 해 동안 언니와 한 집에 살면서 나는 살림하는 법을 하나씩 익혀갔다. 봄이면 주부의 일 년 농사나 다름없는 장 담는 법과, 겨울이면 맛깔 나는 김장을 언니는 힘도 안 들이고 해냈다. 또 시댁에서 시집살이할 때 배운 약식과 식혜, 밑반찬도 눈 깜빡할 사이 만들어냈다. 내버릴 것 같은 뻣뻣한 산나물도 감칠맛 나게 볶아내는 언니 손은 마술사였다.

부대 이동으로 친 자매처럼 의지하던 언니와 헤어지게 되었다. 내가 걱정되면 언니는 교통이 불편한 우리 집을 찾아왔다. 장 담글 철에는 손수 빚은 메주와 내가 좋아하는 장아찌를 골고루 챙겨 왔다. 명절이 다가오면 산에서 직접 채취한 나물과 잡곡을 보따리가 터지도록 가져오기도 했다. 변함없이 십여 년 넘도록 오토바이로 정을 나누던 어느날 언니는 이웃에 텃밭도 넓고 가격도 저렴한 집이 나왔다며 사라고 했다. 교통은 불편하지만 남편 직장도 가깝고 언니 옆에 살 수 있다는 설렘만으로 이사를 하게 되었다.

강산이 세 번 넘도록 언니와 이웃에서 살았다. 언니는 피붙이도 엄두도 못 낼 일들을 나에게 아낌없이 베풀었다. 소소한 일은 말할 것도 없었고 김장부터 심지어 우리 아이들 결혼식 때는 모아둔 금까지 선물했다. 언니 덕에 자식들 혼사 때마다 무거운 짐을 조금이나마 덜 수 있었다. 또 언니는 내 자식들을 끝까지 지키며 살게 한 은인이

기도 하다.

내가 세상을 버리고 싶을 만큼 힘들 때가 있었는데, 남편이 도박으로 월급통장까지 은행에 잡혔다. 살길이 막막하고 희망이 없었다. 그때도 언니는 수호천사처럼 내 손을 잡아 주었다. 어렵게 적금 탄 거액을 내놓고 부담 없이 쓰라고 했다. 나는 통장을 가슴에 안고 서러움을 꾸역꾸역 토해냈다.

언니가 선물한 희망이 발판이 되어 손끝 발끝이 갈라지도록 피나는 노력을 하며 살았다. 나는 부업으로 염소 삼십여 마리와 남편이 부대에서 가져 온 짬밥으로 식용 개도 여러 마리 길렀다. 또 눈만 뜨면 이웃집 논밭으로 품팔이를 다녔다. 또 일당이 많다는 말에 건설 현장 까지 언니와 찾아갔다.

처음 해보는 일당 일은 못 빼는 것부터 시작했다. 점점 일에 익숙해지자 일당이 센 미장 도우미가 되었다. 난생 처음으로 나는 질통에 사모래를 지고 2,3층을 올라 다녔다. 땀이 비 오듯 쏟아져도 힘든 줄 모르고 악으로 버텼다. 내 자신을 혹사시키는 걸 눈치 챈 언니는 혼자 두지 않고 늘 내 곁에 있었다. 언니의 가방 속에는 언제나 나를 위한 휴대용 녹음기와 맥주가 있었다. 일이 힘들고 지칠 때 내가 좋아하는 노래와 술로 마음을 달래 주었다.

드디어 삼 년이 흘렀다. 은행에 저당 잡힌 통장도 돌려받고 언니에게 갚을 돈도 마련되었다. 원금과 이자를 내밀자 언니는 벌컥 화를 냈다. 살아 갈 용기를 주고 싶었던 언니는 끝내 이자를 받지 않았다.

언니 곁에서 희로애락을 삼십 년 동안 나누다 또 이사를 하게 되었다. 마을을 떠나던 날 언니와 나는 서로 얼굴을 마주 볼 수 없었다. 이삿짐이 떠날 때까지 언니 모습은 끝내 보이지 않았다.

내가 이사 온 후 언니는 땅거미만 지면 내가 살았던 쪽으로 고개조차 돌리기 싫다는 말에 가슴이 뭉클했다.

중국여행을 준비하는 자식들에게 언니 부부와 함께 가고 싶다고 했다. 나는 자식들에게 긴 세월 가슴속에 꽁꽁 숨겨둔 비밀을 털어놓았다. 자식들은 추위를 많이 타는 언니부부를 위해 사계절 꽃이 만발하는 여행지로 골랐다. 비행기에서 다리를 쭉 펴고 탈 수 있는 좌석으로 예매를 했다. 그리고 며느리는 곱게 접은 꽃봉투에 용돈까지 담아 언니부부에게 선물했다. 도착지에 마중 나온 가이드는 우리에게 붉은 장미를 안겼다. 언니부부와 우리는 가이드의 친절한 안내로 생애 최고의 여행을 다녔다.

내 고달팠던 삶이 언니와 질긴 인연이 없었더라면 모진 세파에 항해를 잃고 침몰했을 것이다.

내 인생의 등대와 같은 언니 손잡고 남은 항로를 천천히 걷고 있다.

(2016. 3.)

옛 교정에서

창백한 몰골에 흰 마스크를 한 동생은 마냥 들떠 있었다.

"언니! 학교 다닐 때 운동장이 커보였는데 지금은 작아 보이네…."

조회 시간이면 천여 명 넘는 아이들이 들끓었던 모교 운동장을 우리 자매는 쓸쓸히 바라봤다.

만국기가 펄럭이는 가을 운동회 날이었다. 머리숱이 유난히 적고 앞니가 듬성듬성 빠진 여동생과 나는 청군이었다. 그리고 개구쟁이 남동생들은 백군으로 편이 나뉘었다. 우리 사남매는 운동회를 앞두고 각자 자기편을 응원하는 입씨름을 하다가 아버지께 꾸중을 들었다.

달리기에 자신이 있었던 나는 검정 반바지에 뽀얀 먼지가 얼룩지도록 뛰었다. 테이프를 끊고 들어오는 딸내미를 향해 아버지는 연신 카메라 셔터를 눌렀다. 빛바랜 앨범 속에는 전쟁터에서 개선한 장군처럼 일등 깃발을 번쩍 들고 서있는 내 모습이 있다. 그리고 올망졸망한 우리 남매들, 가을 햇살에 익살스런 눈짓이 고스란히 담겨있다.

운동회 날은 형편이 어려운 아이들도 김밥과 사이다를 맘껏 먹는 날이다. 그러나 어머니가 집을 자주 비웠던 우리에게는 도시락은 꿈도 꿀 수 없었다. 오전 경기가 끝나면 아버지는 우리를 앞세우고 큰 집 조카들이 모인 곳으로 갔다. 큰어머니와 올케가 밤잠 설치며 준비한 도시락 앞에 슬금슬금 눈치를 보며 앉았다. 평소에 맛보지 못한 김밥과 오징어 튀김, 반달을 닮은 송편까지 사촌올케의 푸짐한 솜씨에 군침이 돌았다. 아무리 입에 침이 고여도 어머니 손맛과 비교할 수 없었다.

창문을 활짝 열어도 더위가 가시지 않은 날이었다. 반질반질하게 닦아 놓은 마룻바닥 틈을 타고 솔바람은 엄마의 자장가보다 더 달콤했다. 단꿈을 꾸다 날아가는 분필 총알에 깔깔대던 그 옛날 아이들 웃음소리가 운동장을 맴돌고 있었다. 추위가 찾아오면 벌겋게 달아오른 난로에 벽돌처럼 싸놓은 도시락이 제일 부러웠다. 오전수업 내내 코끝을 유혹하는 고소한 냄새에 허기가 질 때마다 나는 어머니를 향한 원망이 쌓여만 갔다.

"우물이 있던 자리도 없네!" 동생은 운동장 모서리를 가리켰다. 친구들과 운동장을 휘젓다 땀을 뻘뻘 흘리며 달려갔던 곳이었다.

땀에 젖은 손으로 까마득한 우물을 도르래로 여럿이 힘껏 당겼다. 철철 넘치며 올라오는 두레박에 서로 입을 맞대고 꿀꺽꿀꺽 넘기던 물맛은 사이다보다 더 짜릿했다. 뚝뚝 떨어지는 땀방울을 식히며 물

장난 치던 곳이었다. 때로는 가난한 아이들의 달라붙은 뱃가죽을 맹꽁이가 되도록 불룩 내밀게 해주던 자리에 봄바람이 풀썩였다.

나무 안장에 굵은 밧줄을 든든히 매단 그네는 아이들이 즐겨 찾던 곳이었다. 그네를 타고 힘껏 발을 구르면 날개달린 선녀가 된 듯 환호성을 질렀다. 아이들이 길게 꼬리를 물었던 그네는 내가 졸업하도록 한 번도 탈 수 없었다. 늘 어깨가 처져 학교를 다녔던 나는 하늘을 날 수 있는 용기마저 없었다. 집에 가기 싫은 날엔 텅 빈 운동장 그네가 내가 쉴 수 있는 유일한 흔들의자였다.

한여름 그늘막이 되었던 아름드리나무는 세월이 앗아가고 우리들 추억이 깃든 앙상한 가지에 새순이 돋고 있었다. 새순이 돋은 가지 사이로 동생을 세워놓고 셔터를 눌렀다. 그 옛날 자랑스럽게 나를 카메라에 담던 아버지가 왈칵 그리움으로 밀려왔다. 아마도 아버지는 어린 시절 함께했던 추억을 떠올리고 싶어 딸들 발길을 이곳으로 돌리게 한 것 같았다.

삶의 절망 끝에 매달려 투병 생활을 견디고 있는 동생, 푸른빛으로 얼룩진 손을 파르르 떨며 새순을 만졌다. 추억을 회상하는 듯 동생 얼굴에 엷은 미소가 번진다. 봄바람은 아버지 손길마냥 잔가지를 살랑살랑 흔들었다.

눈가에 촉촉이 이슬이 맺힌 동생의 야윈 두 어깨를 나는 지그시 감싸 안았다.

(2016. 5.)

부부는 평행선

"반세기 가까이 살아도 어쩜 변함없이 인정머리가 없니?"

집에서 일하는 남편을 두고 외출한 언니는 끼니 걱정에 전화를 했다. 남편은 전화를 받자마자 짜증만 내다가 전화를 뚝 끊었다. 언니는 평소에 면역이 된 듯 혼잣말로 투덜대다 웃었다.

언니와 나는 마주앉아 젊은 시절 남편에게 당했던 험담을 했다. 그 시절에는 나도 목숨을 버리고 싶을 정도로 남편의 방탕한 생활로 힘들었다. 하루에도 수십 번 이혼하려고 마음을 먹었는데, 그때마다 치마꼬리 잡고 밥 달라고 조르는 자식들 까만 눈이 밟혀 매번 주저앉았다. 자식을 여럿 둔 언니도 마찬가지였다. 말 한 마디도 살갑게 못하고 자신만 아는 남편에게 상처를 많이 받았다. 아내의 빈자리가 소중한 줄 모르는 남편들, 때로는 철부지 같다.

언니와 나는 이런저런 이야기하다 즐거운 상상을 하며 오랜만에 맘껏 웃었다. 여자들 셋만 살 수 있다면, 언니와 나는 우리 회원 중에 재주 많고 마음이 통하는 친한 언니를 껴주자고 했다. 언니는 여성스러우니 집안 살림하고, 친한 언니는 운전에다 여행 상식까지 풍부하니, 우리의 발이 되어 줄 거라고 했다. 나는 조금 젊으니 재정 담당을 한다고 자청을 했다.

역할 분담을 정해 놓고 보니 상상만 해도 기분이 좋았다. 우리들 셋이 경치 좋은 곳을 여행 다니며 맛있는 음식도 먹자고 했다. 작은 텃밭도 가꾸고 집 안팎을 맘대로 꾸며 놓고 여름밤에는 평상에 누워 별을 보며 도란도란 이야기꽃을 피우자고 했다. 그러다가 갑자기 걱정되는 일이 떠올랐다.

"혹시나 집안에 수도가 고장 나면 어쩌지?"

언니는 대뜸 돈만 있으면 맘대로 기술자를 부를 수 있다고 했다. 상상만 해도 통쾌해져서 우리 둘은 동시에 폭소를 터트렸다.

온종일 수다를 떨었는데 그것도 모자라 오랜만에 고향 언니에게서 안부전화가 왔다. 언니는 나에게 하소연을 했다. 작은 일에서 시작된 스트레스가 언니를 잔소리꾼으로 만들었다. 양말을 벗으면 세탁바구니에 넣으면 될 텐데, 언니가 챙기지 않으면 방 구석구석 요일별 양말들이 너절하게 있다고 했다. 또 여기저기 벗어놓은 외출복부터 잠옷까지 방바닥에 뱀허물처럼 벗어 놓았다고 한다. 아무리 잔소리해도 소용없단다. 언니는 참다못해 화를 내면 작심삼일, 도로 마찬가지가 된다고 한다. 수십 년이 흘러도 변하지 않는 잘못된 습관들, 포기하다가도 불쑥불쑥 화가 난단다.

그런데 며칠 전부터 언니는 감기 몸살을 심하게 앓고 있었다. 저녁 늦게 놀다 온 남편은 앓고 있는 언니의 방문을 노크조차 하지 않았다. 혼자 식탁에 앉아 꾸역꾸역 밥 먹는 소리만 들렸다. 죽이라도 끓여 줬으면, 소박한 바람을 채워주지 못하는 남편이 야속하기만 했다. 나이 먹어서도 자신만 아는 몰인정한 남편을 원망하면서 목이 메었다. 몸을 추스르고 난 후 이혼할 방법을 찾을 거라면서 단단히 화가 난 언니를 달랬다.

오죽하면 황혼나이에 이혼까지 생각할까, 그래서 요즘 유행하는 졸혼이 있다. 이혼은 못하고 결혼생활을 졸업한다는 의미다. 오랜 세월 남편에게 지친 여자들의 반란이다. 또 용기 있는 사람들은 남은 삶을 구속에서 벗어나 자유롭게 살고 싶어 황혼이혼을 선택하기도 한다.

그런 용기도 없는 언니와 나는 잠시나마 꿈꾸는 세상을 상상하며 즐거워할 뿐이다. 그리고 다음 생은 옷깃도 스치지 않을 거라며 머리를 흔들었다. 오랜만에 십년 묵은 체증이 다 내려가도록 웃었다.

어쩜 부부는 황혼이 넘도록 살아도 마음을 합칠 수 없는 평행선인 가보다.

(2018. 5.)

나는 누구인가

지글지글 끓는 태양 아래 그늘을 찾아 앉았다. 파란 도화지에 은빛 물결을 뿌려 놓은 바다도, 수평선 너머 점 하나도 모두 나에게 의미가 없었다. 몇날 며칠 숨이 막히도록 힘들었던 것들을 바다에 던지고 싶었다. 바다 한 가운데서 풍랑을 만나 갈팡질팡하는 어부처럼 '나는 누구인가'에 혼돈이 밀려왔다.

바다에서 '텀벙텀벙' 물장구치는 개구쟁이들과 물싸움하는 젊은 부부가, 예전의 내 모습이었다. 박봉으로 소박하게 살면서 삼형제와 부대끼며 하루하루를 즐거움으로 채워 줬던 젊은 시절이 있었다.

때로는 모자라는 생활비를 벌려고 학교 짓는 공사판에 막일을 다닌 적도 있었다. 온 종일 일하고 지쳐 집에 오면 어린것들은 엄마를 돕겠다고 방 청소를 말끔히 해놓고 나를 기다렸다. 또 토방을 쓸어내고 흐트러진 신발들을 가지런히 정리하는 일은 유치원 다니는 막내의 몫이었다. 부엌에는 초등학교 다니는 큰아들이 설거지한 그릇들을 산처럼 소복히 쌓아 놓았다. 밖에 펌프가에는 둘째가 고사리손을 돌려가며 걸레를 짜고 있었다. 나와 눈길이 마주치면 신이 난 둘째는 쌍꺼풀진 눈동자를 반짝이며 형제들이 집안일을 나누어 한 것을 주절주절 설명을 했다. 나는 눈물겹도록 대견스러운 자식들을 품에 안고 솜털이 뽀송뽀송한 볼을 쪽쪽거렸다. 그 시절에는 어린자식들조차 내 힘을 덜어주려고 가사 일을 도왔었다.

그래! 그때는 남편 때문에 절망스러웠던 내 삶을, 자식들이 채워주어 소박한 꿈으로 웃을 수 있었다. 아무리 힘들어도 엄마라는 굴레가 눈뜨고 나면 새로운 에너지 되어 몸속에서 불끈 솟아났다.

자식들을 짝 맺어 보내고 내 것은 아무 것도 없었다. 막상 지긋지긋한 삶에서 벗어나려고 하니 주변에 걸릴 게 너무 많다. 마지막 절벽까지 가야 자유로워진다고 했다. 그럴 용기도 없이 살아 온 자신이 한없이 작고 초라하다.

엄마를 멀리서 지켜보던 자식들은 "우리를 지키려고 오랜 세월 고생했으니, 이제는 맘 놓고 엄마의 즐거운 삶을 찾으세요." 진심어린 말에 더욱 갈피를 잡지 못했다. 집을 벗어나면 막상 어디로 가야 할지 발길 내딛기가 두려웠다. 그나마 오래된 친구가 손을 내밀어 주었다. 물기 가득한 눈으로 친구에게 내 속마음을 털어 놓았다. 친구가 해준 한마디 "가야 할 길 얼마 안 남았어…."

'아, 그렇지!' 갑자기 복잡한 생각으로 지쳐 있던 머릿속이 하얗게 비워졌다.

불면증으로 몇 날을 시달렸던 눈꺼풀이 눕기만 하면 깊은 잠 속으로 빠져들었다. 허연 물거품을 머금고 세차게 밀려 올 파도에게 시름을 던지려고 떠났던 여행이었다. '내가 누구인지' 찾지 못하고 여행 내내 멍하던 머릿속을 비워내니 한결 맑아졌다. 여행의 마지막 날, 비릿한 여수 앞바다에서 붉은 노을빛에 염원을 담았다.

찬란한 나의 황혼 역에서 새로운 삶을 다시 시작하려고 다짐을 해본다.

(2018, 8)

지나간 바람은 언제나 그립다

한 자리에서만 팽이처럼 빙글빙글 도는 노인의 손을 덥석 잡았다.

"뉘신데?"

낯선 여인네의 손길에 놀랐는지 경계를 하고 있었다. 노인은 아까부터 지나가는 청년에게 길을 묻고 있었지만 그때마다 모두가 대충 말해주고는 바쁜 듯 제 갈 길로 사라졌다. 노인은 일러주는 말이 가위질이라도 당한 듯 멀뚱히 눈을 껌벅이며 끊어진 필름들을 맞춰 보려 하지만 생각은 멈춰선 채 제자리걸음만 하고 있었다. 노인을 물끄러미 바라보다가 문득 연민이 정이 솟구쳤다. 눈에 익은 지팡이에서 늙은 내 어머니의 모습이 클로즈업되었다. 더는 그대로 볼 수가 없어 나도 모르게 노인 앞으로 성큼 다가가 두 손을 잡고 행선지를 물었다.

점심시간이라 이층 대합실은 한산했다. 마침 식당 문을 나서는 파란 유니폼 입은 남자가 이쑤시개를 물고 나왔다. 나는 노인의 갈 길을 일러주기 위해 청주행 출구를 물었다. 음식 찌꺼기가 덜 떨어졌는지 그 남자는 계속 이빨을 쑤셔대며 아래층으로 내려가라는 손짓을 했다. 동서울터미널의 이층 계단을 끙끙대며 올라오던 친구가 한 손은 노인의 손을 잡고, 한 손은 짐 보따리를 들고 있는 나를 보더니 어이없다는 듯 웃었다. 어딜 가나 오지랖 넓은 내 행동이 문제라며 불평하듯 투덜대며 내 뒤를 따라왔다.

친구의 말을 못들은 척 외면하고 노인의 손을 잡고 에스컬레이터가 있는 쪽으로 걸어갔다. 그때까지도 노인은 내가 영 미덥잖은지 볼록 나온 노란 선을 지팡이로 툭툭 치며 그쪽으로 갈 것처럼 몸을 자꾸만 기울였다. 넓은 공간이지만 발자국을 뗄 때마다 불안했다.

"할아버지, 암 걱정 마시고 저만 따라 오시면 돼요."

어쩌지 못해 따라오면서도 노인은 지팡이를 더 많이 의지했다. 에스컬레이터 앞에 멈춰선 나는 '이것은 움직이는 계단'이라고 설명하고는 '한 발짝을 살며시 올려놓으면 된다.'고 말씀드리고 함께 올라탔다. 에스컬레이터가 서서히 내려가 바닥이 닿을 무렵, 내가 손을 당기자 노인도 눈치 빠르게 성큼 내려섰다.

한적한 이층과 달리 일층은 왁자지껄했다. 들리는 소리에 주눅이 들었는지 노인은 잔뜩 힘을 실어 내 손에 쥐가 나도록 잡았다. 그리고는 행여나 잘못 될까 하는 노파심으로 청주로 가야 한다는 소리를 반복했다. 애타는 노인의 말을 듣고 있으려니 내가 더 조바심이 났다. 만일 만나야 할 딸하고 엇갈리면, 내가 가는 길이 늦더라도 경찰

서로 모셔다드려 목적지까지 노인을 무사히 보내드리고 싶었다.

기사가 가르쳐 준 대로 청주행 버스출입구로 갔다. 저쪽에서 젊은 여자가 우리를 발견하고는 인파를 헤치며 헐레벌떡 뛰어왔다. 곱상한 얼굴에 굵은 파마를 한 여인의 얼굴은 벌겋게 상기되어 있었다. 여인은 숨을 몰아쉬며 할아버지의 손을 잡고는 또 한 손에 들려있는 짐을 받아들고는 고맙다며 고개를 연신 숙였다.

부녀 간의 따뜻한 사랑이 흐르며 마치 이산가족이라도 만난 듯 얼싸 안았다. 아버지와 동서울에서 만나기로 약속했는데, 보이지 않아 몹시 당황하던 참이었단다. 노인은 시각장애인이었다. 그 몸으로 혼잡한 터미널에 내려 헤맸으니 얼마나 무서웠을까. 눈먼 아버지를 찾아 동분서주하며 애태웠던 딸의 이마에도 송골송골 땀방울이 맺혀 있었다. 노인은 딸에게 고마운 분이니 음료수를 사주라고 성화를 해댔다. 나는 극구 사양했다. 아름다운 부녀의 모습을 본 것만 해도 마음에 히터가 켜진 듯 따뜻해졌다.

나는 한동안 서서 두 손을 마주하고 걸어가는 부녀의 뒷모습을 바라봤다. 곧이어 가슴속에서 뭔가 쏴한 아픔이 밀려왔다. 뜻하지 않은 병마로 인해 두 눈이 실명된 어머니의 모습이 시나브로 다가왔다. 장애를 받아들이지 못해 어머니는 마음의 병을 오랫동안 앓았다. 사람들 시선을 못견뎌했고, 고르지 못한 도로를 걷는 걸 두려워해 밖에 나가는 걸 기피했다. 처음 실명이 되었을 때는 시각장애인에게 주어진 지팡이조차 거부했다. 집안에서조차 곳곳에 장애물이 많은지라 어머니의 온 몸은 멍투성이가 되었다. 그런 어머니를 볼 때마다 자식들 가슴에는 피멍이 들었다. 오랜 시간이 지나고서야 지팡이가 자신에게 얼마나 소중한 것인가를 깨닫고는 신주단지 모시듯 했다.

실명한 이후, 활짝 핀 꽃처럼 환하게 웃는 어머니의 모습을 본적이 없는 듯하다. 절망을 이겨내듯 지팡이를 의지해 이 넓은 서울 땅을 밟은 노인의 용기가 새삼 장하다. 뿐이랴, 아버지의 팔짱을 끼고 제비새끼처럼 조잘대는 딸의 효심이 새삼 부럽고 감동적이다. 내 어머니 또한 얼마나 넓은 세상을 꿈꾸었을까. 조금만 더 일찍 깨달았다면… 하는 후회가 가슴을 친다.

집으로 돌아오는 길, 가로수 모두가 어머니의 지팡이로 보인다.

02

주인을
고발한다

보물창고

내 보물 창고를 기다리는 젊은이가 예전엔 많이 있었다.

민통선 안에 사는 언니가 막차를 놓친 날이었다.

언니를 태워다주고 초소 가까이 오자 보물창고 생각이 번뜩 났다. 전보다 풍성하지 못하지만 여행 다녀 온 뒤끝이라 먹을 것이 있을 것 같았다. 뒷좌석으로 슬그머니 손을 넣었다. 바스락 소리가 났다. 또 콤콤한 냄새가 코를 찌른다. 나는 초소를 통과하면서 병사들에게 어느 것을 줄까 잠시 망설였다.

야간 근무를 서는 병사들이 달콤한 사탕을 입에 넣고 우물거리면 밤새 피로가 풀릴 것 같고, 오징어를 질겅질겅 씹고 있으면 군대 오기 전 친구와 밤새 마시던 시원한 맥주 생각이 간절할 것 같았다. 나는 잠시나마 적막한 밤에 병사들에게 두려움을 잊게 해주고 싶었다.

초소를 통과하면서 신분증 주는 병사의 손에 오징어를 쑥 내밀었다. 갑자기 팔을 내미는 내 행동에 멈칫하던 병사는 철책이 흔들릴 것처럼 경례를 한다.

이처럼 내가 보물창고를 만든 사연이 있다.

남편이 제대하고 우리는 군부대 자판기를 십여 년 가까이 관리를 했었다. 일하러 갈 때마다 남자들만 있는 군부대 출입하기가 조심스러웠다. 특히 위병소 문을 열어 주는 병사들의 분신 같은 총과 철모만 봐도 내 목이 자라처럼 움츠러들었다.

날씨가 화창한 날은 자판기에 동전 쌓이는 재미로 위병소 통과하기가 가벼웠다. 그런데 비가 억수같이 퍼붓는 장마 때나 눈보라 치는 날이면 문을 열어주는 병사가 보기 안쓰러웠다.

어느 날 나는 차 안에 보물창고를 만들었다. 색색의 사탕과 초콜릿을 창고에 가득 채웠다. 사탕은 아는 지인이 운영하는 주유소에서 손님에게 나눠 주는 사은품을 박스째 샀다. 초콜릿은 PX에서 자판기 재료 계산할 때 남편의 눈치를 살피며 한 통씩 구입했다. 직업군인으로 평생 보낸 남편은 내 행동에 눈치를 채고 유난 떤다고 나무랐다.

보물창고를 꽉 채운 보석 같은 색색의 사탕과 초콜릿을 위병소를 지날 때마다 한 움큼씩 나눠주고 다녔다. 달콤해서 병사들 피로회복에 도움이 된다는 말에 보람을 느꼈다. 일하러 가는 곳마다 나누어 주다보면 마지막 위병소에 들어 갈 때는 창고가 텅텅 비는 날도 있었다. 혹시나 창고가 비는 날을 대비해 깨끗한 물병을 차안에 항상 준비했다.

삼복더위나 겨울철에는 달콤한 맛보다 갈증을 식혀주는 냉커피나 음료가 좋을 것 같았다. 자판기 일을 마치면 준비해간 물병에 유리알처럼 떨어지는 얼음과 주스를 가득 담았다. 땀 냄새 물씬 풍기는 병사에게 이슬이 가득 맺힌 음료수를 내밀면 묵직한 철문도 가볍게 열었다. 또 엄동설한에는 내가 담아 온 따끈따끈한 커피가 그들의 꽁꽁 언 몸과 마음을 녹여주고 있었다.

처음엔 커피 병과 사탕을 내밀면 얼떨떨하던 병사들이 많았다. 그러나 하루도 빠짐없이 건네는 내 손을 병사들은 은근히 기다린 듯했다. 낯익은 병사는 멀리서 우리 차만 눈에 띄면 미리 나와 문 앞에 서 있었다. 어떤 병사는 자판기가 고장 나면 전화로 우리에게 연락했다.

혹시라도 바쁜 일에 허둥대다 간식을 못 챙기면 반짝이던 그들 눈빛이 실망감으로 가득했다. 병사들 맑은 눈빛에서 군대 간 자식이 생각나 보물창고를 가득가득 채우며 일을 다녔다.

명절 때 차례를 지내고 나면 며느리들은 도시락을 쌌다. 오래 전부터 내가 해왔던 일을 며느리들은 더 잘 알고 있었다.

쉬는 날이면 밀려드는 병사들 때문에 때를 놓친 PX관리병들이 마음에 걸렸다. 그리고 감질 나는 간식만 나눠주던 위병소에 보초 서는 병사들에게 명절 하루만이라도 푸짐한 엄마의 손맛을 보여주고 싶었다.

20여 곳에 도시락을 나눠주고 집에 오는 길은 자식 면회 다녀 온 기분마냥 발걸음이 가벼웠던 지난 시절이 생각이 났다.

초소를 나오는데 우렁찬 경례소리에 나도 모르게 보물창고가 있던 자리를 더듬고 있다.

(2016. 4.)

주인을 고발한다

땡전 한 푼 월급도 안 주는 상습 악덕 주인을 고발한다.

남들에 비해 내 몸 길이는 짧다. 또 몸통이 떡판을 쳐도 될 것 같다. 먼 시간을 되돌려보니 주인에게 혹사의 첫 시작은 꽃다운 사춘기였다. 주인은 어머니 없는 집안의 주부 역할을 했다. 가족들 식생활은 물론 개구쟁이 동생들이 벗어놓은 빨래도 했다. 고무장갑도 없던 시절이었는데, 한겨울에 우물가에 산더미처럼 옷을 쌓아놓고 여리고 여린 내 몸을 비벼가며 빨았다. 빨래를 마치고 방에 들어가 꽁꽁 언 나를 아랫목에 녹이면서 주인의 서러움이 뜨겁게 내 몸을 적셨다. 주인은 그 흔한 구루무(크림)를 내 몸에 발라 준 적도 없었다. 친구들의 배꽃같이 흰 손을 보면 부러웠다.

주인이 집을 벗어나 결혼하면 편안할 줄 알았다. 그것도 월급이 꼬박꼬박 나오는 군인 가족이 된다는 생각에 마음이 부풀었다. 그러나 주인 남편은 언제나 마흔여덟 장의 동양화를 그리고 있었다. 이 그림을 자주 그리는 남편은 집에 들어오지 않는 날이 많았다. 주인은 달밤에 골목을 바라보며 탄식을 했다. 그때 나는 차디찬 몸으로 주인의 흐르는 눈물을 닦았다. 너무나 뜨거웠다.

주인은 생활고로 험한 공사판에서 내 몸을 시멘트로 목욕시키고, 삼복더위에 남의 집 품팔이로 밭고랑을 김매면서 나를 혹사시키기도 했다. 지쳐서 집에 돌아오면 삼형제들이 책을 읽고 있는 모습에 주인은 위안을 삼았다. 그리고 학교에서 상을 타다 품에 안기는 자식들이 주인에게는 삶의 희망이었다.

주인은 욕심꾸러기였다. 내 작은 몸이 무슨 힘이 그리 있다고 이웃과 어울려 고추농사를 지었다. 돌밭을 개간하는 고추고랑에서 한여름이 다가도록 나를 굴렸다. 나는 무쇠가 아니었다. 밤마다 전기에 감전되는 고문이 나를 괴롭히자 주인은 잠을 잘 수 없었다. 꾸뻑꾸뻑 졸면서 나를 얼음물에 담그기도 하고 멀미가 나도록 흔들어댔다. 나의 반항이 점점 심해지자 참다못한 주인은 병원을 찾았다. 혹시 그동안 주인을 잘못 만나 뼈 빠지게 일만 했던 내 열 개의 몸이 잘못되는 것은 아닌지… 나를 노예처럼 부려 먹은 죄로 주인은 의사에게 벌을 받았다.

드디어 떡판 같은 몸을 날씬하게 성형하고 퇴원할 때는 내 몸을 흰 붕대로 칭칭 감았다. 움직이면 상처가 안 붙는다는 의사 말, 주인은 45년 만에 나에게 긴 휴가를 주었다. 내 몸에서 붕대를 풀고 상처가 다 아물고 나니 깜짝 놀랄 일이 벌어졌다. 어려서 주인의 어머니가 내 몸에 난 여러 갈래 선을 보면서 명줄이 짧다며 걱정을 태산같이 했었다. 그런데 내 몸을 지나 팔목 가까이 난 상처가 명줄을 이어주는 효자가 되었다. 이 말은 내 고생이 더 길어졌다는 말과 같았다.

효자 노릇을 했는데 주인은 기가 막힐 일을 또 벌였다. 밭농사에서 손을 완전히 뗀 주인은 자판기 사업한다고, 그것도 열 대 넘는 자판기를 구입했다.

모두가 내 할 일이었다. 설탕에 눌어붙은 자판기를 구석구석 후벼파면서 쓸고 닦게 했다. 고집불통 주인은 온종일 끼니도 거른 채 나를 혹사 시켰는데, 해질녘이 되어 집에 오면 쉬게 해 줄까 잔뜩 기대를 했다. 그때 주인은 일하면서도 저녁 시간이면 작가를 찾아가 문학수업을 받았다.

내 예감은 또 불길했다. 작가에게 홀린 주인은 그때부터 밤을 새우기 시작했다. 새벽까지 글 쓴다고 나를 원고지 수천 장을 넘나들게 했고, 컴퓨터 자판을 내 몸이 구부러지지 않을 때까지 콕콕 찍으며 일을 시켰다. 잔인한 주인 때문에 내 몸 열 가지마다 흠집투성이다. 한 번이라도 내 몸에 곱디고운 봉숭아물과 흔한 매니큐어로 꽃단장도 해주지 않는 주인, 야속하기 그지없다.

주인이 평생 꿈꾸던 첫 수필집을 내면 내 자리가 편안할 줄 알았다. 편하기는커녕 오늘 주인은 병원 문턱을 나서며 기다리라는 선물까지 덤으로 준다. 주인 몸속에서 일하는 충실한 종들이 일제히 데모를 하고 나섰다. 그들을 달래기 위해 주인이 먹던 약들이 부작용이 나면서 나를 또 끌어 들였다.

싫다고 앙탈 부리면 주인은 따끈따끈한 파라핀 왁스에 나를 푹 담가 주면서 잠시 편안하게 해준다. 그래도 싫다고 불쑥불쑥 송곳으로 내 몸을 찌르면 화가 난 주인은 전기 자극기로 나를 고문한다. 밤새 잠 못 들도록 내 몸을 괴롭혀도 새벽이면 주인은 내 몸을 비벼가며 글 쓰는 컴퓨터 방으로 간다.

주인은 오늘도 팅팅 부운 나를 따뜻한 장갑으로 감싸며 병원 문턱을 나선다. 삼년만 참아달라고 나를 쓰다듬는 주인에게

"그때까지 기다리면 예쁜 손으로 바꿔 주나요?"

"그럼! 나를 위해 열심히 일한 너, 세상을 밝히는 가장 아름다운 손으로 만들어 줄 거야."

이 말에 또 속아 넘어간 나, 큰 기대를 갖고 있다. 다음 세상에는 흰 손가락으로 우아하게 피아노 건반을 두드리는 손이 되고 싶다. 아니면 다이아반지 낀 손으로 차를 마시는 귀부인의 손을 꿈꾸며 주인이 나를 부려 먹은 죄를 용서한다.

(2018. 1.)

민들레

언제부터인지 내게는 민들레 말린 것이 한 봉지가 있었다. 약을 내리기에는 너무 적어 숙제처럼 남겨 두었다. 그런데 그것을 해결할 기회가 찾아왔다.

더위가 기승을 부리는 날이었다. 큰 숙이와 작은 숙이를 앞세우고 오랫동안 남편의 병간호를 하다가 잠시 내려 온 회원을 찾아갔다. 그녀는 헬쑥한 얼굴로 잠시 일하던 손을 멈추고 우리를 반갑게 맞이했다. 그녀는 오랜만에 만난 우리에게 줄 게 없다며 밭에 흐드러진 딸기를 따가라고 성화를 해댔다.

운동장보다 넓은 밭을 그녀의 야무진 손이 새벽이슬 맞으며 알뜰히 가꾸어 놓았는데, 남편이 아픈 탓으로 지금은 나간 집처럼 잡초만 무성하다.

컨테이너에 틀어놓은 선풍기로 땀을 식히고 있는 두 숙이를 딸기밭으로 몰고 갔다. 시기를 놓쳐 따지 못한 딸기는 손끝만 닿아도 흐물흐물거렸다. 그런데 잠시 허리를 펴는 순간 눈에 번쩍 띄는 게 있었다. 밭둑에 널려있는 민들레였다. 더구나 노란 꽃 피는 민들레보다 귀하다는 흰 꽃이 눈송이처럼 날리고 있었다. 밭주인은 잡초 속에서 무성하게 자라고 있는 귀한 민들레에 신경 쓸 여력이 없는 처지였다. 나보고 필요하면 뽑지는 말고 잎만 가져가란다. 민들레도 욕심이 났지만 핑계 삼아 무성한 잡초를 뽑아주면 그녀의 근심이 덜어질 것 같았다.

딸기를 따던 작은 숙이는 낫질하는 내가 어설퍼 보였던지 일손을 바꾸자고 했다. 그렇지 않아도 낫이 잘 안 들어 힘들었는데 손을 바꾸자는 말에 '얼씨구나!' 속으로 쾌재를 불렀다.

땀을 뻘뻘 흘리며 민들레를 베는 작은 숙이 뒤를 따라가며 나는 풀을 뽑았다. 쨍쨍 내리쬐는 날씨에 혼자 뽑기 힘든 잡초를 이야기 나누며 매는 밭주인 손길에 힘이 넘쳐났다.

숨을 몰아쉬며 씩씩대는 작은 숙이 얼굴을 보니 곧 숨이 넘어 갈 것 같았다. 나는 베어 놓은 민들레를 큰 봉지에 꾹꾹 누르고 큰 숙이는 묶었다. 여러 개의 봉지가 불룩하도록 작은 숙이는 밭고랑을 갈고 있는 암소처럼 헉헉대고 있었다.

밭고랑에 핀 민들레를 다 베어낸 작은 숙이 얼굴은 농익은 토마토를 닮아가고 있었다. 민들레를 조금만 베어 갈 줄 알고 손을 바꾸었던 작은 숙이는 집에 가자고 재촉을 했다. 나는 욕심이 생겨 밭 입구의 민들레도 베고 싶다는 말에 작은 숙이는 얼른 낫을 놓았다. 그러면서 다음에 머위 베러 올 때 마저 하자며 손을 털었다.

집으로 오는 차 안에서 속아서 손을 바꾸었다고 아이처럼 투정부리는 작은 숙이를 보며 한참을 깔깔댔다. 나는 민들레 봉지가 넘칠 때마다 흙 범벅이 된 큰 숙이와 작은 숙이 손이 얼마나 예쁘고 고마운지 뽀뽀라도 해주고 싶었다.

잡초로 무성했던 밭고랑이 환한 길처럼 드러났다며 배웅하는 그녀의 환한 얼굴에 내 마음은 뿌듯해졌다. 잡초 때문에 근심 가득했던 그녀 밭에 올 여름 블루베리가 주렁주렁 달렸으면 좋겠다.

며칠이 지나도 밭 입구에 널브러진 민들레가 자꾸만 눈에 밟혔다. 나는 작은 숙이가 밭주인에게 머위 베러 간다는 말이 떠올라 전화를 했다. 그렇게 머위 반찬을 좋아한다던 작은 숙이가 겁에 질린 소리로 시간이 없다고 한 마디로 자른다. 거절하는 작은 숙이 말에 서운하기보다는 웃음이 터져 나왔다.

숙이야! 네가 베어 준 민들레를 먹고 내 머리에 흰 꽃이 만발하도록 건강하게 살게.

(2016. 6.)

달빛 속의 그림자

"마을 언덕에 살던 양철집 아들 소식 알고 있어?"

동생을 만나러 온 고향 친구에게 그 소년의 소식을 물었다. 그가 고향을 가끔 찾는다는 말에 반세기 동안 가슴에 묻어 둔 아련함과 핑크빛 사연이 뭉글뭉글 피어났다.

고향에 가끔 가면 어릴 적 친구들과 뛰놀던 골목을 무작정 걷는다. 친구들 거친 숨결소리와 저 멀리 언덕에서 나를 향해 손짓 할 것 같은 소년의 그림자를 따라가다가 쓸쓸히 뒤돌아선다.

그 소년은 집성촌이 옹기종기 모여 있는 마을에서 살았다. 언덕 위 녹슨 양철지붕은 넉넉지 못한 형편을 말해 주었는데, 소년에게는 농부 아버지와 집에서 가꾼 야채를 시장에 내다 파는 억척 살림꾼인 어머니가 계셨다. 해질녘에 대문 밖에 나가면 알록달록한 월남치마를 입은 소년의 어머니는 아기를 업고 있었다. 어머니 뒤를 따라가는 그의 누나가 든 가벼운 광주리에는 누런 종이가 펄럭거릴 때마다 비릿한 냄새가 풍겼다. 어머니 치마꼬리 잡고 걸어가는 어린 동생까지 골목길이 꽉 찰 정도였다. 자식들의 재잘대는 소리에 빙그레 웃는 소년, 어머니 뒷모습이 사라질 때까지 나는 멍하니 바라보았다.

나이가 비슷한 또래였던 소년과 그의 친구들은 내 친구의 소개로 어울렸다. 그 시절에는 해만 떨어지면 엉덩이가 들썩거려 부모님 눈을 피해 밤에만 모였다. 정월 대보름에는 논에서 쥐불놀이도 하고, 둑길을 거닐며 희희낙락하는 소리가 들녘에 멀리멀리 퍼져나갔다. 우리들은 자정이 훨씬 넘도록 달빛 그림자에 빠져 놀았다. 어느 날은 쪽문을 살며시 열고 들어가다 아버지의 잔기침 소리에 심장이 멎는 줄 알았다,

밤하늘에 별빛이 쏟아지는 날, 둑길을 걷다가 발을 헛디뎌 밭둑 밑에 파 놓은 똥통에 빠진 친구도 있었다. 다행히 한 쪽 발만 빠진 친구는 맨발로 절뚝거렸다. 우리들은 그 친구 몸에서 풍기는 고약한 인분 냄새에 코를 쥐었다. 코를 막고 가면서도 절뚝거리는 친구의 우스꽝스런 모습에 웃음을 참지 못하는 철부지들이었다. 우리들은 그 시절에 한창 유행했던 박건의 〈사랑은 계절 따라〉 노래를 별빛 가득한 들길을 걸으며 합창을 하기도 했다. 계절이 바뀌면서 함께 즐겨 불렀던 노래 가사처럼 우리들 모임도 오해가 생겨 뿔뿔이 흩어지고 말았다. 라디오에서 함께 잘 불렀던 노래가 나오면 환하게 웃던 그 소년의 모습이 아른거려 대문 밖 골목길에 서성이곤 했었다.

가끔 소년과 골목에서 마주치면 얼굴이 홍당무가 되어 고개를 외면하며 지나갔다. 들리는 소문에 그는 중학교를 졸업하고 가정 형편 때문인지 고등학교에 진학을 하지 못했다. 소문을 듣고 도저히 참을 수 없어 그와 한 마을에 사는 내 친구 집에 놀러갔다. 그가 서울로 기술 배우러 간다는 친구 말에 힘없이 오솔길을 터벅터벅 걸었다. 예전에는 보름달만 뜨면 마음이 싱숭생숭 들떠 모임장소에 가는 것이 즐거움이었다. 오늘따라 외로운 달빛은 내 그림자만 따라오고 있었다. 한참을 걷다보니 성큼성큼 따라오는 발자국 소리가 섬뜩했다. 두려움에 떨며 빠른 걸음을 재촉하는데 누군가 내 손을 확 잡아챘다. 멈칫 서서 돌아보았다. 핼쑥해진 그의 모습이 달빛을 삼킬 듯 숨이 차오르고 있었다.

"너에게 꼭 할 말이 있어."

그가 말을 꺼내기 전 뿌리치며 달아났던 다음날이었다. 그의 집 앞을 지나 갈 때면 희미하게 비추던 창문의 불빛이 보이지 않았다.

보름달이 내 창문을 노크하면 그를 향해 풋과일처럼 영글어가던 시절의 달빛이 가슴에 아련히 젖어든다.

(2018. 11.)

끝없는 열망

"엄마! 아픈 몸으로 꼭 그렇게 학교에 가야 하나요?"

이번 주 학교에 꼭 가야 한다는 그녀 말에 아들은 반문을 했다.

작년에 집 앞에서 넘어진 발목이 가끔 시큰거렸다. 가볍게 생각한 통증이 점점 심해져 견디다 못해 병원을 찾았다. 미련스럽게 참았던 것이 화근이었다. 의사는 검사 결과를 보더니 수술하자고 날짜를 잡고 있었다.

앞날이 깜깜했다. 올해는 할 일이 많아도 다 접었다. 그녀는 평생 한인 중학교에 가고 싶었다.

그녀가 초등학교 삼 학년 때 갑자기 아버지가 돌아가셨다. 오남매 중 장녀인 그녀는 생계를 책임진 어머니 대신 어린동생들을 돌보느라 학업을 포기해야만 했다. 어린 동생을 업고 다니던 교실 창문을 서성이며 그녀는 마음속으로 다짐을 하였다.

동생들 다 키워놓고 공부하겠다는 일념이 어느새 환갑을 훌쩍 넘었다.

결혼을 하고 오 남매를 모두 키워 놓으면 할 일이 끝날 줄 알았다. 농사일에 늘어나는 손자 손녀들 치다꺼리까지 그녀의 꿈은 점점 멀어져만 갔다.

그녀는 모임에 가면 노후에 취미 생활을 즐기는 활기찬 친구들 삶이 부러웠고 자신만 뒤처지며 살고 있다는 생각에 늘 풀이 죽어 있었다. 그런데 초등학교를 함께 다녔던 친구가 검정고시 학원을 다닌다고 했다. 그녀는 귀가 번쩍 뜨였다. 친구를 붙잡고 검정고시 학원이 어떤 곳인지 알아봤다. 도시에 있는 학원을 다닌다는 것은 시골에 사는 그녀 처지로는 감히 상상할 수 없었다. 그녀는 실망만 가득 안고 다른 취미생활을 찾았다. 어느 날 그녀의 딸내미가 희소식을 전해 왔다. 가까운 곳에 검정고시 학원이 생겼다며 전단지를 내밀었다.

설렌 마음으로 찾은 학원에는 그녀처럼 향학열에 불타는 사람들이 있었다. 그곳에서도 그녀 나이가 제일 많았다. 동생 또래와 자식 같은 그들과 처음엔 서먹서먹했지만 날이 갈수록 친구가 되었다. 가난 때문에 학업을 포기한 사람부터, 가정 폭력을 견디다 못해 가출한 친구도 있었다. 사연도 가지가지인 그들은 때늦은 후회를 하다가도 수업 시간만 되면 어린 아이처럼 초롱초롱한 눈빛이 되었다.

그녀는 배움을 향해 한 걸음씩 천천히 걸어갔다. 집안일도 팽개치고 남편의 투정까지 무시한 채 온 종일 엉덩이에 땀띠가 나도록 수업을 받았다. 점점 희미해지는 기억을 되살려 수백 번 읽고 썼다. 이를 악물고 매달리다 보니 어느새 한 문제씩 눈에 들어오기 시작했다. 엄동설한에 차디찬 도시락을 모래알처럼 씹으며 버텨온 결과, 드디어 검정고시에 당당히 합격을 하였다.

그녀는 초등학교 검정고시 합격증을 들고 또 다른 도전을 꿈꾸고 있었다. 사춘기 시절 동생을 업고 골목길을 서성이다가 양 갈래 머리에 흰 칼라를 한 친구가 생각났다. 그녀는 담 모퉁이에 숨어 친구를 바라보던 기억이 오래도록 가슴에 한으로 남아 있었다. 비록 늦은 나이에 교복은 입을 수 없어도 중학교엔 꼭 가고 싶었다.

그녀가 검정고시를 통하지 않고 중학교에 갈 수 있는 길이 열렸다. 발목 수술도 미루고 차로 한 시간 넘는 거리를 달려가 접수를 했다. 그녀는 평생 꿈꾸던 중학교에 입학해놓고 편안한 마음으로 수술대에 누웠다.

수술 후 상처가 어느 정도 아물자 다리에 깁스를 하고 퇴원을 했다. 수술 때문에 수업을 두 주 빠지자 서서히 불안을 느꼈다. 집에서 인터넷 수업을 졸면서도 꼬박꼬박 챙겨 들었다. 이토록 그녀의 끝없는 향학열은 늘 학교로 향하고 있었다.

자식이 여럿 있는 그녀, 고심 끝에 인천 사는 외아들을 불렀다. 아들은 엄마 성화에 학교 가는 전날 내려왔다. 3층 교실까지 엄마를 업고 아들은 낑낑대며 올라갔다.

오 남매를 등짝이 짓무르도록 키웠던 그녀다. 처음으로 든든한 아들 등에 업혀보니 날아 갈 듯 뿌듯했다고 자랑까지 했다.

불사조 같은 그녀는 어떠한 걸림돌에도 포기할 줄 몰랐다. 이제는 거의 다리도 나았다.

오늘도 못다 이룬 꿈을 찾으려고 호원 중학교를 향해 그녀는 힘차게 페달을 밟는다.

(2016. 10.)

태국 여행지에서 겪은 일

"내가 늘 아줌마를 위해 기도하는 거 아시죠?"

얼마 전 태국여행에서 가이드가 되어 준 선교사의 전화다. 그녀의 할머니를 소재로 쓴 글이 강원작가상에 당선되었다는 소식을 들었다고 했다.

그녀와 오랜 인연은 가끔 떠나는 여행으로 조금씩 알아가고 있었다. 불교의 나라 태국에서 오랫동안 선교사로 활동했던 그녀의 안내로 여행을 떠났다. 가이드도 없이 떠나는 여행이 두려웠지만 그녀의 유창한 태국어를 믿었다. 비행기에서 내려 도착한 곳은 방콕 외곽지역에 위치한 낡은 건물이었다. 한국 선교사 서너 명과 태국 선교사 여러 명이 함께 생활하는 숙소 겸 교회였다. 어둠침침한 계단을 따라 올라 간 곳은 널찍한 방이었다. 외지에서 오는 교인들이 단체로 묵는 방인 듯 했다. 어려운 생활을 말해 주듯 누렇게 바랜 벽지에 전등갓은 흉물스럽게 녹슬어 있었다. 스위치는 물론 오래된 벽걸이 에어컨까지 흰 공간은 찾기 힘들었다. 그리고 창문마다 철망이 쳐져 있어 활짝 문을 열어도 답답했다.

후덥지근한 날씨에 에어컨 틀기조차 미안한 마음이 들었다. 덜덜대는 선풍기를 틀어 놓고 욕실로 갔다. 떨어져나간 타일은 물론 변기조차 성한 곳이 없었다. 화장실 문짝도 제대로 닫히지 않아 마음 놓고 씻을 수도 없었다. 열악한 환경에서 선교하는 그들이 대단했지만 종교가 다른 나로서는 이해할 수 없는 부분들이 많았다.

사흘을 묵으면서 선교사들의 표정을 보았다. 불평 한 마디 없이 밝은 얼굴로 방학 캠프를 준비하고 있었다. 안내하던 그녀와 숙소에 있던 사람들도 캠프장으로 간다고 서둘렀다. 나는 혼자 남을 수 없어 따라갔다. 캠프장에는 거의 태국의 청소년들이었다. 선교사들이 짜 놓은 프로그램에 따라 게임과, 성경말씀을 전하면서 선물까지 준비하였다.

우리를 태국까지 데려온 그녀는 꽃다운 나이에 말도 안 통하는 땅에서 기독교 씨앗을 뿌렸다. 대학 캠퍼스를 서성이며 학생들을 상대로 개척선교를 시작했다. 그녀가 결혼시기를 놓치고 불혹나이를 넘기도록 개척한 청소년 선교를 현지 선교사에게 모든 걸 위임하고 지금은 한국에 있다. 그녀는 대학 강단에 서려고 새롭게 공부를 하는 중이다. 한국에서 그녀를 만날 때는 평범한 아가씨로 생각했는데 이곳에 와서 보니 선교사들에게 존경받는 지도자였다.

선교사와 오래 된 친분이 있었지만 처음으로 강단에서 설교하는 모습을 보았다. 평소에 만났던 그녀가 아니었다. 종교가 다른 사람들도 끌어들일 수 있는 능력을 가지고 있었다. 종교가 다른 사람들이 거부감을 가질 수 있는 말보다 편안히 들을 수 있는 이야기부터 시작했다. 자신이 살아오면서 힘들게 겪었던 가족사부터 현재에 이르기까지 경험담을 유창한 태국어로 말하고 있었다. 그나마 가까이에 통역사가 있어 그녀의 설교 내용이 무엇인지 알 수 있었다.

그녀가 강연 도중 갑자기 강단 앞으로 그녀 아버지가 불려 나갔다. 그리고 뜬금없이 우리에게 부모 역할을 해달라고 부탁을 했다. 캠프에 참가한 청소년들과 참가자들이 마음속에서 쌓였던 답답함을 털어 놓는 시간이라고 했다. 종교가 다른 나는 당황을 했다. 내 옆에 앉은 그녀 아버지도 딸에게 갑작스레 불려나와 당황한 빛이 역력했다. 한 줄로 쭉 서서 한 사람씩 우리들 앞에 무릎을 꿇었다. 그동안 부모님께 자신의 입장을 솔직하게 털어 놓지 못한 서러움을 나에게 대신 쏟아내면서 펑펑 울고 있었다. 통역사는 그들이 하는 말을 우리에게 고스란히 전하고 있었다.

내 손등을 뜨겁게 적시고 있는 아가씨는 그곳 단체를 이끌어 가는 선교사였다. 어려서부터 머리가 남달리 영특했던 그녀였다. 시골에서 넉넉지 못한 살림에도 부모님은 명문대학에 입학을 시켰다. 부모님은 딸이 졸업해 좋은 직장에 다니면 집안 형편이 확 달라지리라 기대를 했을 것이다. 그런데 대학 다니던 딸이 선교사의 길을 간다고 했을 때, 꿈에 부풀었던 부모님과 심한 갈등을 겪었다. 나도 한때는 자식들이 대학 졸업 후 직장 때문에 갈등이 있었던 걸 생각해보니 상상이 갔다. 부모님에 대한 미안함으로 어깨를 들썩이며 흐느끼는 그녀의 얼굴을 감싸 안았다. 샘솟듯이 흐르는 그녀 눈물을 나는 닦고 또 닦아주었다.

고백하는 사람들의 사연을 다 알 수 없어도 눈물의 의미가 진심이라는 것을 느낄 수 있었다. 나는 그녀와 약속을 했다. 나와 종교는 달라도 기독교가 불모지인 이곳에서 끼니를 굶어가며 선교 활동하는 그녀에게 조금이나마 도움을 주고 싶었다. 지금 내가 눈으로 보고 겪었던 일, 선교사들의 눈물겨운 애환을 꼭 글로 쓰겠다는 약속을 했다.

여행지를 다른 곳으로 옮기면서 선교사들에게 밥 한 끼라도 배불리 먹을 수 있도록 해 주고 싶었다. 선교사들이 제일 먹고 싶어 하는 요리가 샤브샤브였는데 태국도 한국과 같이 무한리필 하는 식당이 있었다. 오늘만이라도 맘껏 먹으려고 조금 가격이 비싸지만 무한 리필 식당으로 정한 듯 했다. 모두들 고기며 야채가 펄펄 끓는 냄비에 들어가기 바쁘게 먹었다. 그들 앞에 접시가 수북이 쌓이는 것을 보면서 안타까운 마음이 들었다. 기회가 된다면 이곳을 다시 찾아 화장실이라도 고쳐주고 싶은 생각이 머릿속에 가득했다.

내 뜻이 하늘에 닿았는지, 응모한 여러 편 중에서 치매로 고통 받다 돌아가신 그녀 할머니를 소재로 쓴 글이 강원작가상에 당선 되었다. 마음속으로 그들과 했던 약속을 나는 지킬 수 있게 되었다.

상금을 제일 처음 받고 선교사에게 전화를 했다. 상금 일부를 태국으로 보내겠다는 내 의사를 밝혔다. 돌아가신 그녀의 할머니가 손녀에게 준 선물이라고 생각하니 마음이 훈훈해졌다.

(2018. 8.)

도토리 묵밥

지뢰꽃길에서 풀매기를 하다가 발밑에 밟히는 도토리를 한 알 두 알 주워 그녀는 가방에 넣었다. 그녀가 주워 온 다람쥐 밥을 먹어가며 나는 지독한 항암을 견뎌냈다.

항암치료를 받고 오면 우렁각시가 다녀갔는지 식탁에 도토리묵이 놓여 있곤 했다. 냉장고를 열면 동치미 국물도 눈에 띄었다. 이걸 먹으면 보기만 해도 메슥거리는 속이 금세 가라앉을 것 같다. 생각할 겨를도 없이 덜덜 떨리는 손으로 묵을 숭덩숭덩 썰었다. 많이 먹고 싶어 나물 무치는 양푼에 가득 담았다. 별다른 양념 없이 동치미국물에 깨만 솔솔 뿌려서 철퍼덕 두 다리를 쭉 뻗고 앉아서 바닥이 다 보이도록 먹었다. 반나절 동안 치료 받느라 십리나 들어 간 눈이 나오고 배가 불룩하니 며칠째 설친 잠까지 슬슬 밀려왔다.

묵밥 한 양푼에 토할 것 같은 속이 가라앉으니 그제서야 묵을 갖다

놓은 사람이 궁금했다. 누구에게 부탁한 것도 아니고, 그렇다고 멀리 있는 동생이나 며느리들이 했을 리도 없다. 그러다 번득 머리에 스치는 언니, 이곳으로 이사 오기 전 이웃에 살았던 고향 언니가 가끔 밑반찬을 갖다 주었다. 혹시나 연락을 했더니 여행 중이라고 했다.

머리를 굴리며 주변에 있는 언니들이나 동생들을 차례로 꼽아보고 있는데 전화기가 울렸다. 문학동아리 회원 중에서 자칭 S라인 동생이었다. 그녀는 일 년에 여러 번 행사 준비하느라, 늘 바쁘고 몸까지 약했다. 그런데 만들기 까다로운 묵을 그녀가 쑤어 갖다 놓은 것이다. 물 조절을 잘못하면 부서지는데 도마 위에 올려놓고 칼로 써는데 묵이 파르르 떨었다. 그녀는 장금이 손맛을 전수했는지 간까지 딱 맞추었다. 그녀 남편이 두부 기술자인데 그녀는 묵 장수를 해도 성공할 것 같다.

아무리 산해진미가 있다 한들 먹을 수 없는데, 내 마음을 알아주는 수호천사인 그녀가 눈물겹게 고마웠다. 입덧하는 사람처럼 기운도 없고 일어나지 못해도 그때마다 그녀가 해다 준 묵밥만 먹으면 생기가 돌았다. 도토리묵과 동치미 국물이 내 몸속에 독한 항암 찌꺼기들을 해독시켜 주는 듯했다.

항암주사를 열 손가락 넘도록 맞을 때마다 묵밥으로 속을 달랬다. 그래서 그런지 병원에서 처방해주는 메슥거림 약은 두 알정도만 먹었다. 내가 치료하면서 묵밥만 먹는다는 소문에 가까이 있는 옥이 언니도 묵을 가져왔다. 옥이 언니의 묵 쑤는 실력은 자타가 공인할 만했다. 문학행사 때마다 언니의 도토리묵이 인기 메뉴였다. 손이 큰 언니는 늘 넉넉하게 가져와 행사를 마치면 회원들이 서로 나누었다. 아픈 허리를 펴가며 귀하게 주웠을 언니의 손길을 생각해 하루 빨리 병을 털고 일어나야겠다는 용기가 솟았다.

도토리 묵밥을 먹으면서 쓰디쓴 입맛을 없애준다고 생각했는데, 인터넷에서 효능을 알고 보니 중금속 배출과 해독 작용을 하는 타닌 성분이 들어 있었다. 특히 당 환자에게도 좋은 식품이라고 했다. 나에게 딱 맞는 음식이었다.

내 건강을 음식으로 치료해 주는 의사는 주변의 모을동비 회원들이다. 그들 덕분에 완치의 고지를 향해 한 걸음씩 걷고 있다.

(2019. 1.)

최고의 부자

대전 모임을 다녀오는 버스 안이었다.

맞은편 좌석에 사내가 회색 바랑을 벗어 빈 좌석에 놓았다. 대꾸해주는 사람도 없는데 비 맞은 중처럼 중얼거린다. 수염도 며칠째 못 깎았는지 희미한 불빛아래 턱밑이 거뭇거뭇했다. 사내는 벌떡증난 사람처럼 갑자기 윗옷을 벗었다. 그리고 차안 공기가 오염됐다며 버스 환기통을 벌컥 열었다.

밤공기가 쏴 들어오더니 점점 세찬 바람으로 변해 사람들은 몸을 바짝 움츠렸다. 사내의 별난 행동을 보고도 누구 하나 탓하는 사람이 없었다. 차안 공기가 싸늘해지자 기사는 백미러로 뒤를 힐끔 보더니

"환기통 닫아요! 날도 추운데…."

사내는 못들은 척 하다 기사의 거친 음성이 다시 들리자 환기통을 닫았다. 기사의 큰소리에 주눅이 들어 있던 사내는 비척대며 턱이

진 뒷자리로 갔다. 사내는 가슴이 답답한 듯 작은 창문을 열었다. 맛있는 음식을 음미하듯 눈을 지그시 감고 숨을 고르는 사내의 기이한 행동이 눈에 자꾸만 거슬렸다. 잠시 후 사내는 매연에 취한 사람처럼 앞으로 내려와 "아주머니요 속초행 버스가 동서울에 있능교?"

억센 경상도 사투리로 물었다. 나는 대꾸하기 싫어 고개만 끄덕였다. 사내는 초행길인지 속초에 도착하면 늦은 시간이라 절을 찾을 수 없다고 했다. 사내는 주머니가 텅 빈 듯 모텔에 가면 비싸고 찜질방에 가야 몸도 씻고 잠도 잘 수 있다고 말한다. 그러면서 찜질방비가 얼마냐고 묻는다. 지역에 따라 다르다고 말해도 만원이면 되냐고 자꾸 되묻는다.

은근히 짜증나 묻는 말을 무시하고 싶었다. 그러나 지금까지 지켜본 사내의 괴팍한 행동으로 미루어 혹시나 봉변당할까 두려움이 앞섰다. 나는 사내와 눈길을 마주치지 않으려고 외면을 했다.

부스럭대는 소리에 나도 모르게 사내에게 눈길이 갔다. 사내는 바랑에서 검은 비닐봉지를 꺼냈다. 봉지를 열자 갑자기 재채기가 나왔다. 연속되는 재채기에 콧물 눈물이 뒤섞이며 덜컥 겁이 났다.

예전에 어머니가 했던 말이 떠올랐다. 버스에서 옆 사람이 마취제를 이용해 소지품을 몽땅 털어갔다는 말을 들은 적이 있었다. 나는 일단 숨을 덜 쉬려고 휴지로 코를 막았다. 그리고 한 손으로 전화기 버튼을 확인했다. 몸에 힘이 빠지는 듯 하면 가족들 버튼을 누를까, 아무래도 멀리 있는 가족보다 경찰이 빠를 것 같았다. 나는 가방을 슬며시 열었다. 몇 푼 안 되는 현금과 카드를 옷 갈피에 꽁꽁 숨겼다.

마음을 단단히 먹고 사내를 봤다. 황소라도 때려눕힐 것 같은 사내의 거친 손마디가 보였다. 사내는 씻지도 않은 손으로 봉지에서 뭔가를 꺼내 입에 넣었다. 매콤한 냄새가 풍겼다. 허기가 졌는지 사내는 무엇인지를 꾸역꾸역 먹었다. 긴장이 풀리며 나도 모르게 안도의 한숨이 나왔다.

버스가 종점에 도착하자 사내는 제일 먼저 짐을 챙겨 나갔다. 낡은 바짓가랑이 휘저으며 바랑까지 짊어진 사내는 승복을 입고 있었다. 가진 돈도 바닥이 나고 갈 곳도 마땅치 않은 사내의 뒷모습이 쓸쓸해 보였다. 어둠이 깔린 도시에서 갈 곳을 찾아 헤매는 그런 사내를 잠시나마 의심한 것이 미안했다. 그가 여자였다면 쫓아가 만원 한 장이라도 손에 쥐어 주고 싶었다.

멀어져 가는 사내의 뒷모습을 보며 그동안 마음속에 불만으로 가득했던 나를 돌아보았다. 참으로 나는 복 받은 사람이라는 생각이 들었다. 언제든지 돌아 갈 수 있는 안식처가 있고, 또 두 발만 건강하면 차비 걱정 안하고 여행도 다닐 수 있다. 오늘은 몸과 마음이 아늑한 작은 암자에 든 것처럼 내가 최고로 부자인 것을 깨달았다.

(2016. 4.)

꿈이 있는 도시락

펼쳐 놓은 도시락들이 울긋불긋 꽃이 활짝 핀 것 같다. 그의 앞으로 도시락을 '쓰윽' 밀었다. 아침도 거른 듯 허겁지겁 먹는 그의 도시락에 내 밥까지 반을 덜어 놓았다.

"누나 고마워."

"그래, 학교 빠지지 말고 함께 대학까지 가자."

빈 도시락을 돌려받으며 그에게 늘 하는 말이다.

늦깎이 학생이 되면서 제일 즐거운 시간은 도시락 먹는 점심시간이다. 책상을 한 곳에 모아 놓고 각자 가져 온 도시락을 펼쳤다. 새벽잠을 설치며 준비해 간 도시락들은 냄새만 맡아도 군침이 돈다.

마주앉아 젓가락을 잡은 그는 작년에도 한 반이었다. 그런데 올해도 역시 은박지에 돌돌 말은 김밥 한 줄이 그의 점심이다. 건강한 남자의 한 끼가 부실해 보였다. 여자들은 각자 밥이 많다며 도시락

뚜껑에 덜어 그 앞에 슬쩍 내밀었다. 그는 쑥스러운 듯 김밥을 맛보라며 여자들 앞으로 보냈다.

2학년 때 반을 편성하면서 대부분 새로운 얼굴이라 서먹서먹했다. 그런데 뒤를 돌아보니 둥근 얼굴에 황소 눈을 닮은 그가 낯이 익었다. 1학년 때 한 반이었을 때는 별로 관심도 없었다. 2학년이 되면서 거의 새로운 얼굴뿐인데 내 뒤에 그가 있다는 생각에 조금은 든든했다. 그도 나와 눈이 마주치자 싱긋 웃었다.

2주에 한 번씩 학교 가는 날, 그는 1학년 때 지각이 잦았다. 다른 남학생들은 부인이 정성껏 싸 준 도시락을 내놓는데 그의 도시락은 달랑 김밥 한 줄뿐이었다. 작년 체육행사를 마치고 반찬과 밥이 많이 남아 있었다. 친구는 그의 가방에 남은 음식을 주섬주섬 담으며 어렴풋이 했던 말이 떠올랐다. 그는 회사 기숙사에서 지내며 밥을 해먹는다고 했다.

그와 한 반이 되면서 도시락을 넉넉히 준비를 했다. 올해도 변함없이 그는 돌돌 말은 김밥 한 줄을 펼치며 겸연쩍어 했다. 김밥을 재빨리 집어오면서 나는 준비해간 도시락을 그의 앞으로 밀었다. 눈을 동그랗게 뜨고 나를 빤히 쳐다봤다. 그가 민망하지 않도록 고개를 끄덕였다. 그는 다 비우고 난 도시락을 꼭꼭 챙겨 내 가방에 넣었다. 그리고 수업을 마치면 돌덩이보다 무거운 내 책가방을 차에 실어 준 후 손을 흔들며 갔다.

그의 뒷모습에서 내 어린 시절이 아련히 떠올랐다. 집에는 엄마가 없는 날이 많았다. 부부싸움만 하면 가출하는 엄마 대신 가족들 아침 준비는 내가 해야 했다. 아버지와 동생들 챙기고 나면 도시락은커녕 아침도 거르고 학교 가는 날이 많았다. 점심때가 되면 도시락 펼치는 아이들 틈을 빠져나왔다. 그늘진 곳을 찾아 시간을 보내다 허기가 밀려오면 우물가를 찾았다. 두레박으로 퍼올린 서러움이 짭조름한 물로 변해 벌컥벌컥 들이켰다. 그런 아픔들이 세월이 흘러도 앙금처럼 남아 있다.

그와 3학년 때 반은 달라도 나와의 약속은 지켰다. 졸업식 날 개근상 타는 사람들 틈에 끼어 무대로 올라가는 그가 대견스러웠다. 그리고 직장 가까운 고등학교로 진학도 했다. 그와 3년 후 대학 동기로 교정에서 만날 것을 나는 기대해본다.

(2018. 1.)

특효약

"낮에 너희 집 갔을 때, 너에게 할 말이 이제 생각났어."

저녁을 먹고 나서 문득 그녀에게 해야 할 말이 떠올라 전화를 걸었다. 한동안 말없이 나의 말을 듣던 그녀가 "언니! 지금 한 말, 낮에 다했는데…." 불과 몇 시간 전 한 이야기를 까맣게 잊다니…. 눈물이 왈칵 쏟아졌다.

얼마 전에도 황당한 일이 있었다. 서울 사는 친구에게서 전화가 왔다. 친구는 내가 아는 사람 전화번호를 달라고 했다. 나는 저장한 번호를 알려주기 위해 핸드폰을 찾고 있었다. 집 안을 빙빙 돌며 아무리 찾아도 없었다. 덮고 잔 이불도 털어보고, 좀전에 주방에서 전화했던 일이 생각나 주방을 샅샅이 훑어봐도 없었다. 그러다 집 전화로 눌러보니 통화 중이었다. 귀신이 곡할 노릇이었다.

친구는 씩씩대며 전화기를 찾는 내게 물었다.

"어디다 적어놨니?"

"핸드폰에 저장했는데 안 보이네."

"에고, 어쩐다냐. 너도 어쩔 수 없이 세월을 못 이기는 구나."

손에 든 핸드폰을 귀에 대고 온 집안을 빙빙 돌며 찾다니…. 이런 일이 남의 이야기인 줄만 알았다. 내가 겪어보니 기가 찰 노릇이었다. 친구는 자신도 그런 일을 가끔 겪는다며 웃었다.

요즘 들어 기억력이 점점 떨어져 걱정이다. 그래서 생각해 낸 것이 핸드폰 메모지다. 저녁이면 다음 날 할 일을 차근차근 적어 놓는다. 사람과 약속을 최우선으로 적어놓고, 은행 업무를 보면서 가까이 있는 시장이나 마트에서 생필품 구입할 것까지 하나하나 적는다. 메모를 해 놓아도 몇 시간이 지나 열어보면 약자나 낱말 한 자만 틀려도 무슨 말인지 도통 생각나지 않는다. 까마귀 고기를 먹었는지, 그래도 기죽기 싫어 나이 탓으로 슬쩍 돌린다.

정신이 더 깜빡거리기 전에 예방부터 착실히 해야겠다. 치매예방에 특효약인 화투치는 재주는 없다. 그보다 치매에 더 좋은 특효약은 일기 쓰는 일이라고 했다. 나는 새벽이면 일기보다 더 긴 작문을 쓰고 일주일에 한 번 도서관에서 문학 강좌도 받는다. 또 혀 굴리는 영어도 효과 있을 것 같아 배우고 있다. 치매에 제일 원인인 아픈 기억을 머릿속에서 싹싹 지우려고 노력한다.

나는 총명했던 열여섯 소녀로 돌아가기 위해 타임머신을 타고 고등학교에 입학을 했다.

(2018. 3.)

오춘기 소년

'까톡 까톡' 한강 변을 지나는 버스 안에서 주인을 찾는 요란한 카톡 소리가 들렸다. 나는 화면이 빡빡하도록 보낸 글을 천천히 읽었다. 온몸이 후끈 달았다. 한 번도 본 적 없는 동갑내기 친구가 보낸 글이었다. 이십 년 가까운 세월동안 동인지를 보내주고 좋아하는 노래를 공유했던 친구이자 팬이기도 하다. 가끔 조심스레 전화하는 그는 내 목소리만으로도 건강을 체크하기도 한다. 늘 입버릇처럼 그가 하는 말이 있었다.

"죽기 전에 한번 만이라도 친구와 자갈치시장에서 취하고 싶다."

주량이 나보다 적은 듯한 그가 수십 번 혼자서 약속을 했다. 그와 가끔 오랜 세월 농담을 주고 받다보니 이성 친구보다 편안한 동성으로 받아들이고 있었다.

그랬던 친구가 오늘 갑자기 카톡으로 오래도록 짝사랑을 한 적이 있었다고 고백을 해왔다. 당황해서 선뜻 답장도 못하고 핸드폰만 툭툭 치고 있었다. 한편으로 웃음이 나왔다. '자식아, 진즉 말했으면 나이 먹기 전에 불타는 사랑을 한 번쯤 해봤을 텐데….'

그는 항상 대화 속에 순수하고 바른 성품을 가진 사람으로 느껴졌다. 농담은 주고받아도 일상 속에 가볍게 웃을 수 있는 일들이 대부분이었다. 속내를 잘 보이지 않는 나에게 질문을 해올 때가 있었다. 그때마다 보내 준 책 속에 내 삶이 담겨 있다고 했다. 그는 내 글을 읽으면서 내 식성까지 알고 있었다. 내가 병원에서 퇴원하고 몸을 추스를 수 없을 때 그가 보내 준 젓갈로 입맛을 찾은 적도 있었다. 그리고 책 보낼 때 필요할 거라며 우표도 보내는 자상함도 가진 그였다.

나는 상상 속에 비추어진 그의 모습을 그려 본 적도 있었다. 그와 대화 속에서 자존심 강하고 자신만의 관리를 철저히 하는 사람으로 생각되었다. 그랬던 그가 핑크빛이 살짝 물들었다는 말에 곰곰이 지나온 세월을 돌이켜 봤다. '아, 맞아!' 그는 내가 음악방송 디제이할 때 하루도 빠짐없이 들어왔다. 그리고 내가 좋아하는 '배호' 노래를 늘 청곡했었다. 나는 그때마다 배호의 노래 마니아로 생각하고 그가 청곡을 안 해도 파일을 올려 함께 듣곤 했다. 배호 노래가 끝나면 채팅창에 고마움을 표하는 글만 간단히 올렸다. 그래서 조용히 노래만 감상하는 사람인 줄 알았다.

그런데 어느 날 그에게 뜻밖의 말을 들었다. 디제이 하면서 농담하는 멘트나 내 책을 읽으며 가슴이 뭉클했던 일들을 꼼꼼히 기억하고 있었다. 아마도 그때쯤 그는 오춘기가 찾아왔던 것 같았다. 가끔 전화하면서 속내를 은근슬쩍 털어놨던 그였다. 그가 어떠한 말이나 글을 보내도 친구의 장난끼로 받아들였을 뿐이다.

거의 이십 년 가까이 되니 이제는 서로가 다 터놓고 말할 수 있는 나이가 되었다. 단 한 번만이라도 만났더라면 깨어지는 유리그릇처럼 환상에서 확 깨어났을 텐데…. 아직도 그는 이산가족처럼 자신이 사는 집에서 철원까지 거리를 재고 있었다. 그와 주고받는 대화 속에 수백 번 자갈치시장을 다녀왔다. 그리고 상상 속에 만취가 되어 시장 골목을 휘젓고 다녀야 했다.

한강변에 활짝 핀 꽃잎에 그의 빛바랜 핑크빛 연정을 담아 잔잔히 흐르는 강물에 띄워 보냈다. 그리고 나는 답장을 기다리는 그에게 엉뚱한 글로 맥 빠지게 만들었다.

'까톡 까톡' 그에게서 답장이 왔다. 한 줄 글도 없이 부산 앞바다가 한눈에 펼쳐진 사진을 보냈다. 어느새 꽃잎에 띄워 보낸 '오춘기' 연정이 그곳까지 도착했나보다.

(2019. 4.)

며느리는 흑기사

연속극에서 아름다운 여자가 돌부리에 걸려 갑자기 하이힐 뒤꿈치가 떨어지면 어디선가 흑기사가 나타난다. 흑기사는 떨어진 굽을 돌로 박아주며 위기를 모면해 주는 장면을 여러 번 보았다. 지금 내게도 흑기사가 나타났으면, 꿈같은 바람이 있었던 순간이 있었다. 그것이 막내며느리이다.

막내 결혼식 때 입고 옷장에서 잠자던 한복을 오랜만에 입었다. 자주 안 입어 본 탓에 한복이 거추장스러웠다. 그래도 어쩔 수 없이 동생의 간곡한 부탁에 미용실에서 곱게 화장하고 머리 손질까지 했다. 여기저기 낯익은 사돈들에게 눈인사를 하며 걷고 있었다. 그런데 신고 있는 구두에서 '덜거덕' 소리가 났다. 가슴이 철렁 내려앉았다.

결혼식장 안은 사람으로 들끓고 누구를 붙잡고 도움을 청할 수도 없었다. 우선 구두의 상태를 파악하려고 발을 질질 끌고 화장실로 향했다. 누군가 뒤에서 부르는 소리에 걸음을 멈추었다. 막내며느리였다. 구세주를 만난 것 같았다. 사람들 시선을 피해 며느리를 구석으로 끌고 갔다.

"큰일 났다. 아무래도 구두 뒤축이 떨어진 것 같다."

며느리도 당황하고 있었다.

화장실에서 우선 구두 상태를 확인했다. 치마를 걷어 올리고 구두를 벗었다. 구두 뒤꿈치가 간당간당 붙어 있었다. 내가 연속극에서나 보았던 일이 나에게 닥치다니….

한참을 고민하다 번뜩 보관함이 생각났다. 한복을 갈아입으면서 벗어 놓은 옷장에 구두가 있었다. 그런데 열쇠 가진 조카를 찾는 게 문제였다. 지금 조카는 결혼하는 언니 시중드느라 눈코 뜰 새 없을 것이다. 생각다 못해 자식들에게 도움을 청하려고 핸드폰을 찾았다. 아뿔싸 아침에 일찍 나오느라 배터리를 갈아 끼우지 못해 꺼져 있었다. 암담한 심정으로 화장실을 나와 앉을 자리부터 찾았다. 예식이 끝날 때까지 꼼짝 않고 있는 방법이 최우선이었다. 혹시나 굽 떨어진 발걸음이 사돈 눈에라도 띌까 주위를 살피며 천천히 걸었다.

화장실 앞에서 나를 기다리는 막내며느리가 눈에 띄었다. 며느리는 북적대는 인파 사이를 피해 한적한 곳으로 나를 데려 갔다. 내가 화장실에서 고민하는 사이 며느리가 슬리퍼라도 구해 온 것 같아 안도의 한숨이 나왔다. 어찌 된 일인지 며느리 손에는 테이프만 달랑 들려있었다. 나는 멍하니 며느리 손만 바라봤다. 며느리는 내 치마를 올리더니 쭈그리고 앉았다. 며느리는 구두를 벗겨 발 들어 갈 부분만 남기고 박스를 포장하듯 테이프로 빙빙 돌려 감았다. 생각지 못한 며느리 행동에 나는 입이 딱 벌어지고 말았다. 구두를 수선한 며느리는 신고 걸어 보라고 했다. 며느리가 수선한 구두는 나에게는 일류 수선공보다 더 훌륭했다. 다행히 덕지덕지 붙은 테이프가 긴치마에 가려 눈에 띄지 않았다.

안도의 한숨을 내쉬며 며느리의 순간적인 순발력과 기지에 감탄했다. 그동안 철부지로 알았던 며느리의 새로운 면모를 다시 보며 따뜻한 마음까지 읽을 수 있었다.

막내부부는 그동안 내 구두 뒤꿈치 같은 결혼생활을 유지하며 살았다. 오늘 며느리 행동을 지켜보았다. 며느리의 현명한 판단이 부부가 살아가는데 큰 힘이 될 거라 믿으며 앞으로 막내네는 걱정할 것이 없다.

(2016. 12.)

생일 선물

건어물 매장에 들어갔다. 제일 먼저 눈에 띄는 것이 오징어였다. 가까이 가보니 쌀 한 포대를 살 수 있는 금액에 입이 딱 벌어졌다. 큰아들부터 세 살배기 손녀까지 좋아하는 오징어를 붙잡고 살까말까 망설였다. 마침 함께 간 막내부부가 매장 안으로 들어 왔다.

"어머니, 오징어 사실래요?"

"그러게 한 축 사서 두 애들에게 나누어 줄까?"

오징어를 잡고 만지작대는 나를 보고 며느리는 고르란다. 사준다는 말에 귀가 번쩍 뜨였다. 나는 제일 좋은 오징어를 덥석 집었다. 오징어를 형들에게 나누어 준다는 내 마음을 훤히 아는 듯 막내는 추가로 두 축을 계산대에 올렸다. 그리고 더 필요한 것 없냐는 며느리 말에 염치없이 건어물을 주섬주섬 골랐다.

가격이 비싼 탓에 맛볼 수 없는 명란젓을 고르면서 미역까지 계산대에 슬쩍 밀었다. 또 진열대에 눈길을 돌리니 기름칠해 놓은 것처럼 윤기가 반지르르 흐르는 쥐포가 눈에 띄었다. '에라 이 기회에 쥐포도 먹어보자.' 평소에 일부러 사서 먹을 수 없었던 것까지 계산대에 올렸다. 며느리가 계산한다는 말에 이것저것 골라놓고 보니 미안한 생각이 들었다. 그래도 한편으로는 마음이 부자가 된 듯했다.

막내는 계산하는 아내 눈치를 살피며 넉살스럽게 한 마디 한다.

"엄마 생일 선물이야…."

잠자다가도 벌떡 일어날 정도로 아들 가족들은 오징어를 좋아한다. 집안 행사나 명절이 가까워 오면 집에 오징어가 있는지 확인부터 한다. 가족들이 즐겨먹는 최고의 간식이기 때문이다. 아무리 바빠도 어느 매장이 저렴하고 부드러운 맛이 나는지 가까운 곳부터 먼 거리까지 찾아다닌다.

우리 가족이 오징어를 좋아하게 된 동기는 남편으로부터 비롯된다. 남편은 젊은 시절 군생활을 강릉 해안가에서 보냈다. 인근 마을에 방을 얻어 자취하던 남편은 대부분 고기잡이하는 이웃들과 친하게 지냈다. 넉살좋은 남편은 휴일이면 집집마다 다니며 빨랫줄에 널어놓은 오징어 먹는 재미가 솔솔했다.

해안에서 있었던 추억을 안고 오징어가 귀한 철원으로 남편은 전속을 왔다. 남편은 해안가에서 흔하게 먹던 오징어 이야기를 자주했다. 식료품 가게에 가면 남편은 천진난만한 아이같이 제일 먼저 오징어를 들고 나왔다. 값이 비싼 탓에 낱개로 사와 굽지 않은 오징어를 한 입 가득 넣고 씹는 모습이 허기진 사람처럼 보였다.

어려서부터 남편 덕에 오징어를 자주 먹던 아이들은 집에 오면 싱크대를 여닫으며 간식부터 찾았다. 또 손녀들 역시 어린 시절 자기 아비들이 했던 그대로 따라하고 있다. 오징어를 구워 놓기 바쁘게 고사리 같은 손이 제일 먼저 온다. 손녀 여섯이 한쪽씩만 가져가면 남는 건 뻣뻣한 다리뿐이다. 집어가는 손이 여럿이기에 오징어를 서너 마리는 구워야 그나마 어른들은 맛볼 수 있었다.

요즈음은 오징어 먹는 법도 다양하다. 마요네즈에 고추장을 섞어 소스를 만들어 며느리는 내놓는다. 생각했던 것보다 매콤하고 고소한 맛에 자꾸만 손길이 간다. 특히 자식 중에서 오징어를 더 좋아하는 건 둘째 네다. 오징어를 좋아하는 만큼 굽는 방법도 여러 가지를 알고 있다. 그래서 가족모임 때면 오징어 굽는 당번은 둘째가 맡아 놓고 한다.

오래되었거나 딱딱해진 오징어는 물로 씻어 렌지에 살짝 돌린다. 짜고 맛없던 오징어가 연한 살점으로 변해 먹기에 안성맞춤이 된다. 또 불에 구울 때는 오징어 끝부분을 치맛자락 벌여 놓듯이 가위로 자른다. 그러면 뜨거워도 찢기 편했다.

나는 아들들 생일 때는 인터넷을 뒤져 오징어 파는 곳을 찾는다. 오징어는 어떠한 값진 선물보다 아들 가족들까지 활짝 웃게 한다.

막내는 내 식성을 닮았는지, 아니면 형들에 비해 이가 부실한지 오징어를 즐기지 않는다. 그런데 요즈음 보니 세 살배기 손녀가 떼쓸

때 오징어를 주면 신기하게 울음을 딱 그친다.

　매장에서 덤으로 받은 구멍 숭숭 뚫린 오징어를 손녀들은 질겅질겅 씹는다. 꿀맛처럼 먹는 내 선물에서 콤콤한 바다 향기가 났다. 입에 침이 가득 고인다.

(2015. 12.)

어머니께 부치는 편지

어머니!

생의 마지막 선물로 주신 박하꽃이 올 겨울 세상을 환하게 밝혔습니다. 박하꽃을 제 품에 안겨 줄 때 고마워하기는 커녕 어머니가 주는 것조차 싫어 뿌리쳤지요.

어머니의 손길이 필요한 시기에 아버지와 잦은 다툼으로 저희 어린 남매들을 버려 둔 채 집을 나가곤 하셨지요. 가정불화가 있었던 날은, 밖에서 뛰어 놀다가도 문득 불안에 휩싸이면 달려와 장롱부터 열어봤지요. 어머니께서 집 나갈 때 늘 가지고 다녔던 하늘색 가방부터 확인했지요. 가방이 눈에 띄면 안심이 되었고, 텅 빈 바닥이 보이면 이불을 뒤집어쓰고 펑펑 울었지요. 어머니가 없는 집에서 어린 동생들 챙기며 학교 다닐 생각에 눈앞이 깜깜했지요.

점심시간에 제일 부러운 게 뭔지 어머니는 모르지요.

찌그러진 누런 도시락, 꽁보리밥과 고추장을 섞어 리듬을 타듯 흔드는 친구들 모습이었지요. 교실에서 풍기는 매캐하고 시금털털한 냄새가 창자를 흔들면 밖으로 뛰어나왔지요. 까마득히 보이는 우물가 도르래를 젖 먹던 힘까지 끌어 올렸지요. 타들어 가는 목젖에 찰랑찰랑 넘치는 두레박 물을 벌컥벌컥 들이켰지요. 뼛속까지 스며드는 서러움들은 오래도록 내 기억속에 남아 어머니를 향한 원망만 커 갔지요,

그때부터 마음 붙일 곳 없는 내가 속 시원히 털어 놓을 친구는 일기장이었지요. 희미한 불빛에서 볼을 타고 흐르는 눈물이 일기장에 얼룩지도록 담아냈지요. 문풍지가 밤새 파르르 떨던 날, 바짝 웅크리고 잠든 동생들이 애처로웠지요. 어느 곳에서 두 다리 쭉 뻗고 주무실 어머니 생각만 해도 어린 가슴에 원망만 깊어 갔지요.

어머니가 손수 차려 준 밥상, 기억이 희미한 우리 남매들이 제각기 성장해 삶의 터전으로 떠났습니다. 그때쯤 어머니가 위급하다고 연락이 왔지요. 평생 자식에게 신세 안지겠다고 장담하던 어머니도 어쩔 수 없었나 봐요. 갑자기 멀쩡하던 두 눈이 녹내장으로 실명하게 되었지요. 동생들은 모두 미혼이고 저만 가정을 가지고 있을 때였지요. 사실 저는 병원에 입원하고 계신 어머니를 지켜보면서 안타까움보다는 내 서러움이 더 컸습니다. 미혼인 동생들에게 어머니를 맡길 수 없고, 그렇다고 저도 선뜻 대답을 못했지요. 오랜 세월 풀리지 않는 앙금이 어머니의 손과 발을 대신 할 자신이 없었던 거지요. 어

머니는 퇴원 후 이모네 집으로, 또 남동생과 지내다 결국 자존심을 버리고 우리 집으로 오게 되었지요.

나는 넉넉지 못한 형편에 낮 시간에 일을 해야만 했지요. 내가 집을 비우는 동안 여섯 살배기 막내가 어머니 곁에서 눈이 된 것 기억하시죠. 화장실 안내는 물론 내가 집을 비울 때 식사까지 챙겼지요, 또 어머니가 가장 즐겨 드시던 새우깡을 사러 추운 겨울도 마다 않고 가게로 뛰어갔지요. 불평 없이 해내는 어린 아들의 기특한 행동이 어머니를 향해 불쑥불쑥 치미는 울분을 삭였지요.

얼마나 오랜 세월 미움의 골이 깊었던지 내가 글을 쓰면서 처음으로 떠오르는 사람이 바로 어머니였어요. 밤을 지새우며 꾸역꾸역 토해내는 글은 서러움으로 넘쳐 원고지가 얼룩으로 물든 날이 많았답니다. 겹겹이 쌓인 상처를 한 가닥씩 꺼내어 글로 탄생시키면 나도 모르는 사이 아픈 기억들이 점점 희미해져만 갔어요.

요즈음은 지뢰꽃길에 심어 놓은 박하꽃이 그리워 찾아가면 어머니가 생전에 했던 말이 떠오릅니다.

"내가 이 세상을 떠난 후 박하 향기가 너의 집 안팎을 밝혀줄 거다."

예전에는 느낄 수 없던 어머니의 숨은 뜻이 더욱 뼈저리게 가슴에 파고드네요. 어머니가 주신 구박덩이가 책 제목으로 발간되면서 그 향기가 곳곳으로 퍼져나갔지요. 또 작년 겨울 항암치료를 받으며 몸과 마음이 황폐해 갈 즈음 ≪박하꽃 향기≫가 문학나눔 우수도서로 선정되어 각 도서관과 공공시설에 꽂혀있는 영광을 안았지요. 뜻밖의 소식이 나에게 병을 치료하는 특효약이 되어 툭툭 털고 다시 일어설 수 있었어요.

저는 난생 처음 어머니를 향해 용서를 빌었지요. 같은 여자로서 좀 더 마음을 이해하고 헤아렸다면 가시는 길이 편안하셨을 텐데, 코끝에 대면 어머니 그리움으로 맵기만 한 박하향기가 내 삶을 밝혀주는 또 다른 어머니 냄새라는 걸 뒤늦게 알았습니다.

그리운 나의 어머니!

(2017. 11.)

우리는 열다섯 소녀

거실에 나란히 누운 친구들 얼굴에 팩이 덮여 있다. 만날 때마다 하나씩 늘어가는 잔주름이 안타깝다. 모처럼 만난 친구들은 자정이 넘도록 수다들을 떨고 있었다. 세월을 훌쩍 되돌려 오늘밤만이라도 열다섯 소녀들로 돌아가고 싶다.

학교를 다니면서 고향친구들 모임에 빠지는 횟수가 잦아졌다. 서로들 시간을 맞추다보면 많이 참석하는 쪽으로 날짜를 잡았다. 그때마다 아쉬우면서도 미안함을 금치 못했다. 올해는 수업 시간표를 총무에게 카톡으로 찍어 보냈다. 사월 달에 모임 잡으면 시험기간이라고 은근히 협박을 했다.

사월 달은 내가 바쁜 줄 아는 친구들이 번개팅으로 뭉쳐 우리 집에 놀러왔다. 시합에 참석하는 각도 대표처럼 전주, 공주, 성남 그리고 운전해준 친구는 서울에 살았다. 가끔 전화로 소식을 주고받아도 반년 넘도록 못 본 친구들 얼굴에서 고향 냄새가 솔솔 풍겼다. 집안에 들어서자마자 부둥켜안고 깔깔거리며 그동안 참았던 수다들이 술술 터져 나왔다.

사춘기 때 헤어져 중년에 다시 만난 고향까마귀들이다. 일 년에 서너 번씩 모임을 갖고, 때로는 경조사 때 만나기도 한다. 여러 번을 만나도 서로 보듬는 것이 우리들 인사이기도 하다. 보릿고개 시절을 겪으며 어렵게 학교 다녔던 친구들이다. 만날 때마다 이야기보따리를 풀어 놓으면 한 편의 소설책이 된다. 우리들의 풋풋한 인연들이 반세기를 넘어 이제는 헤어질 날이 머지않았다. 그래서 그런지 예전에는 의견차이로 가끔 언쟁을 벌였다. 지금은 마음을 내려놓고 친구가 보고 싶으면 여럿이 뭉쳐 여행 삼아 찾아간다.

이른 새벽부터 우리 집에 오려고 끼니도 걸렀을 친구들을 생각하며 정성껏 음식을 준비했다. 지글지글 굽는 고기보다 어린 시절 먹던 토속적인 음식을 만들었다. 찜 솥에 갓 찌어낸 찰밥과 가을에 말려 둔 나물을 볶아 놓았다. 그리고 도토리묵과 북어찜, 얼려놓은 굴을 녹여 부침으로 해 놓으니 그런대로 먹을 만했다. 또 냉장고에 아껴두었던 실치구이까지 내놓아도 내 눈에 부족해 보였다.

어렵던 시절이 떠올라 나는 음식을 듬뿍 담는 버릇이 있다. 친구들은 내가 차려놓은 상차림을 보더니 모두 입을 다물 줄 몰랐지만 나는 아쉬움이 있었다. 아무리 산해진미가 많다한들 이제는 소화를 못시키는 나이가 되었단다. 또 만나면 항상 노래방에서 꾀꼬리가 되었던 친구들도 어느 순간부터 움직이는 것보다 수다를 더 좋아했다. 한 해가 다르게 푸석해진 피부에 늘어나는 잔주름, 점점 쇠약해져 가는 친구들과 세월 탓만 하게 된다.

오래 전 교통사고로 친구 하나를 잃었다. 그 충격으로 서로 애틋한 마음들이 커져만 갔다. 그런데 몇 년 전 성남 친구가 병원에 있다는 소식에 병문안을 갔었다. 예쁘장한 얼굴에 한쪽 머리를 박박 깎아놓은 모습에 가슴이 메어 할 말을 못하고 병실을 나왔다. 그랬던 친구가 지금은 나를 태우고 장거리 모임에 운전을 하고 갈 정도로 건강해졌다.

처음 만났을 때는 우리들은 불행한 어린 시절 상처를 서로 털어놓으며 위안을 받았다. 사십대 중반부터는 자식 키우는 재미와, 남편들 흉을 보며 맘껏 웃었고 오십대는 자식들 결혼 걱정과 손자 손녀의 재롱을 화제로 삼았다. 그런데 언제부터인지 우리들 미래를 생각하면 즐거웠던 마음들이 착잡해진다. 우리 모두 한결같은 염원을 하고 있다. 요양원에 안 가고 잠자다 떠나고 싶다고 모두 한 입이 된다.

친구들아 오늘 하루만이라도 맛있는 것 먹고, 분단의 아픔이 서린 철원도 둘러보자. 그리고 못 다한 이야기보따리 다음 모임 때도 맘껏 풀어 놓자구나…

(2019. 5.)

03

그리움의
불꽃을
피우다

큰아들

손이 참 따뜻하다. 온기에 깜짝 놀라 눈을 떴다. 커튼 사이로 비치는 불빛, 옆자리에 누워 누군가 내 손을 주무르고 있었다. 희미한 불빛에 큰아들 얼굴이 보였다. 밤마다 통증 때문에 신음하는 내 곁에서 손과 다리를 밤새 주무른 것 같다. 슬그머니 아들 손을 내려놓자 코를 골았다.

철없을 때 낳은 큰자식이다. 키울 때도 애지중지 하는 마음보다는 무덤덤했었다. 아래로 두 살 터울과, 막냇동생이 태어나면서 더욱 큰아들에게 제대로 손길 한 번 못 줬다. 초등학교에 들어가서도 말썽 부리는 일 없이 성격이 차분하고 책 읽기를 좋아했다. 동생들에게 옷이며 학용품도 늘 양보하고 두 동생들을 살뜰히 챙기는 든든한 형이었다.

사춘기 때 철이 든 큰아들은 넉넉지 못한 집안 형편과 커나가는 동생들 미래를 생각했다. 충분히 대학을 갈 수 있는 실력인데도 포기하고 공군기술고등학교를 선택했다. 어린 나이에 군인과 똑 같은 생활을 하면서 쉬는 날은 온 종일 차를 타고 집에 왔다. 천리 길이나되는 철원과 진주를 오고 가면서 고추농사와 가축 키우는 일손을 도왔다.

공군기술고등학교를 졸업하고 하사로 임관되면서 박봉을 꼬박꼬박 저축도 했다. 그 돈을 모아 집 짓는데 보태주기도 했다. 이렇듯 큰아들은 언제나 든든한 나의 버팀목이었고 때로는 내 힘든 형편을 눈치 채고 주머니를 털어 동생들 학비도 보내주는 든든한 아들이었다.

다른 자식들이 대학을 마치고 나니 큰아들이 마음에 늘 걸렸다. 내 오랜 소원을 받아들인 아들은 가까운 곳에 있는 야간대학에 늦깎이 학생이 되었다. 첫 등록금만 내주고 졸업할 때까지 장학금을 탔다. 대학 졸업 후 아들은 군에서도 성실함을 인정받아 연금 탈 수 있는 나이가 되도록 한 곳에서 근무하고 있다. 올 봄에 준위로 진급하여 부사관으로 전역한 아버지의 평생 한을 풀어 주었다.

성장하면서 묵묵히 엄마의 힘들었던 삶을 지켜보았던 큰아들, 가끔 형제들이 모이면 다시는 떠올리기 싫은 어린 시절 이야기를 이제는 웃으면서 하는 나이가 되었다. 나 역시 큰자식 때문에 순간순간 어려운 삶의 고비를 넘기기도 했었다. 그 덕에 지금은 노후보험처럼 자식들에게 마음과 물질적으로 돌려받고 있다.

내가 병원에 입원하면 큰아들은 휴가부터 받는다. 병상을 지키며 딸보다 더 애틋하게 물수건으로 얼굴과 손을 닦아준다. 또 동생들과 돌아가며 하룻밤씩 보호자 침대에서 선잠을 잔다. 가끔 내 눈에 비치는 큰아들은 철부지처럼 매사를 쉽게 보는 단순함에 미래가 걱정되기도 한다. 두 딸의 아버지이기도 한 아들은 제대하면 내 곁에서 산다고 늘 입버릇처럼 말한다. 어려서부터 떨어져 산 시간이 많고 큰아들이라는 무거운 책임감을 갖고 있는 듯하다.

명절이나 가족 모임 때 집에 오면 어려서 하듯이 내 팔을 끌어다 슬쩍 팔베개를 한다. 나는 며느리 보기 민망해 팔을 빼면서 "이제는 사랑스런 딸들에게 팔베개를 해주렴."한다.

나이를 먹어도 내 옆에만 있으면 어린아이로 돌아가고 싶은 큰아들, 이마에 푹 패인 주름이 내 가슴을 파고든다.

밖에는 때 아닌 겨울비가 추적추적 내린다. 밤새 큰아들 안마 덕에 몸이 한결 가볍다. 아들의 약손이 어떤 큰 생일선물보다 값지다.

(2018. 3.)

그리움의 불꽃을 피우다

어린 시절, 소풍 가기 전날은 잠도 설쳤다. 퇴근길에 시장 골목에서 사올 아버지의 간식거리에도 마음이 설렜고 하늘에 별이 총총히 떠있는지도 궁금했다. 눈을 감고 누워 있다가도 몇 번씩 밖으로 나가 하늘을 올려다보곤 했다. 아버지는 내가 좋아하는 것을 어찌도 그리 잘 아시는지 사오는 것마다 내 마음을 황홀하게 했다. 코를 톡 쏘는 사이다, 알갱이가 가득 찬 단팥빵, 버터향이 그윽한 비스킷, 입안을 채워주는 눈깔사탕 등등, 아버지를 떠올릴 때마다 반짝이는 내 추억의 아름다운 삽화들이다.

퇴근하실 아버지를 기다리던 우리는 자정이 가까워질 무렵이면 하나 둘 잠이 들곤 하였다. 밤늦게 들어오신 아버지는 곤히 잠든 우리를 흔들어 깨우며 선물 꾸러미를 풀듯이 사 오신 것들을 가득 쏟아 놓곤 하셨다. 잠이 번쩍 깬 우리 사 남매는 누가 먼저랄 것도 없이 잠자던 이불을 훌떡 걷어내고는 먹이를 기다리는 제비새끼처럼 아버지 앞에 앉곤 했다. 똑같이 네 몫으로 나누어 주는데도 행여 누구라도 더 갖는가 싶어 내 것과 비교하느라 소란을 피웠다. 철없는 자식들 모습을 지긋이 바라보던 아버지는 빙그레 웃으시며 우리들의 머리를 쓰다듬어 주셨다. 그 인자하신 모습을 어찌 잊을까, 모정만큼이나 따뜻하던 아버지의 미소는 사 남매의 가슴을 데워주던 훈훈한 사랑이었다.

소풍가는 날은 낡은 내 가방이 부끄럽지 않게 불룩했다. 아버지가 사다주신 간식은 물론이고 가끔은 어머니의 손길이 묻어나는 김밥과 삶은 계란도 함께 들어 있었다. 가방을 둘러메고 가는 발걸음이 가벼워서인지 온몸에 신바람이 일어났다. 친구들에게 자랑하고 싶은 걸 꾹 참고 가는 게 다소 고역이긴 했지만 점심때 가방을 열었을 때의 기쁨은 환희 그 자체였다.

지금이야 책 들어가는 가방과 소풍 갈 때의 가방이 다른 것을 사용하고 있지만 그 시절에는 넉넉한 집안 아이들만 배낭을 메고 소풍을 갔다. 형용색색의 배낭들이 어찌나 좋아보였던지 훔치고 싶을 만큼 부러웠다. 그래서 친구 뒤를 졸졸 따라다니며 몰래 만져 보는 것으로 궁핍한 마음을 채우곤 하였다. 그나마 기죽지 않은 것은 빛바랜 책가방 속에 아버지가 챙겨 준 간식과 꼬깃꼬깃한 지전 몇 푼이었다. 그 지전은 아이스케이크 통을 메고 소풍 길을 따라 온 아저씨 주머니 속으로 들어갔다. 지금도 가끔 그때 먹던 아이스크림이 생각날 때면 팥 알갱이가 들어있는 막대 아이스크림을 사먹는다.

요즘 뒤늦게 늦깎이 공부를 하고 있다. 공부에 대한 집념이 불꽃처럼 피어오른다. 컴퓨터에 눈을 고정시켜 놓고 피곤한 눈을 달래노라 잠시 눈 감고 의자에 등을 기대고 있으면 어린 시절이 떠오른다. 시험 때가 되면 긴장부터 앞서 가슴이 답답하다. 여러 날 책과 씨름하다 보면 이튿날은 비몽사몽이다. 정신을 가다듬고 새벽부터 서둘러 아침도 챙겨 먹지 못하고 집 나서기에 바쁘고, 차안에서 쪼르륵 대는 배를 가방으로 감싸 안고 있노라니 문득 나 혼자라는 외로움이 밀려왔다.

한 학기가 끝나는 날, 통지표를 보여주고 싶어 아버지가 계신 사진관 이층을 단숨에 올라갔다. 통지표를 내밀면 '우리 딸 최고'라고 등을 토닥여 주시던 아버지, 삐걱이는 서랍에서 지전 한두 닢을 내 손에 쥐어주셨던 따뜻한 손길이 오늘따라 그립다.

나이 탓이런가, 공부하기가 점점 더 힘들다. 올A는 아니지만 노력한 만큼 만족한 성적표가 나온 것 같아 흐뭇하다. 고난을 이겨내듯 죽어라 밤새 공부해 시험을 잘 본다 한들 이제는 자랑할 데도, 칭찬을 받을 데도 없다. 사진첩 속 아버지를 향해 혼잣말을 한다. '아버지! 이번 학기 성적표 받은 건데, 용돈 줘야지…'라며 어리광부리듯 졸라본다. 빛바랜 사진 속 아버지는 말없이 빙그레 웃고 계시다.

삼십 년 전우애

이번 명절에도 윤 병장이 왔다. 올해도 변함없이 귀한 두릅 박스를 내려놓는 입가에 반가운 미소가 번졌다. 먼 길을 달려 온 윤 병장에게 점심 한 끼라도 먹여 보내고 싶었다. 명절동안 기름진 음식으로 느글거렸을 속을 다스릴 구수한 된장찌개로 상차림을 했다. 언제보아도 예전에 순박했던 모습은 변함없는데 흐르는 세월 앞에 윤 병장머리에도 희끗희끗 내린 서리가 눈에 띄었다.

"올해 나이가 마흔이 넘었나?"

고른 잇속을 다 보이도록 씩 웃는다.

"사모님, 저 반평생 넘도록 살았어요."

말문이 탁 막혔다. 내 나이만 손가락으로 꼽으며 살았지, 윤 병장의 세월은 멈춘 줄만 알았는데 오십이 넘었다니….

처음 만났을 때 그는 혈기 넘치는 이십 대였다. 나는 직업 군인인 남편을 따라 부대 가까운 곳에서 살고 있었다. 군인 관사보다 남편이 출퇴근하기 편안하고, 텃밭이 삼백 평 가까이 되는 시골집이었다. 아이들 학교나 교통은 불편하지만 텃밭에 고추나 깨, 야채를 심는 재미가 쏠쏠했다. 그리고 다른 지역보다 밭이 많은 곳이라 봄부터 가을까지 일손이 부족하다. 나는 일을 나가서 소소하게 쓰는 집안 살림에 보탬이 되었다. 아침 일찍 일 나가면서도 언제나 밥솥에 밥은 넘치도록 해 놓고 나갔다. 혹시나 학교에서 돌아오는 아이들이 배고프지 않게 하기 위함이고, 또 남편 때문이기도 했다.

근처 사격장에서 근무했던 남편은 점심은 집에 와서 먹었다. 부대까지 거리가 멀었고, 함께 있는 병사들을 굶게 할 수 없다며 꼭 앞세우고 왔다. 여러 가지 반찬은 없어도 흔한 김치찌개로 밥솥을 다 비워내는 그들에게 늘 미안했다.

가까운 곳에서 내 집처럼 들락거리는 두 병사는 성격이나 모습 가정환경까지 정반대였다. 선임이었던 윤 병장은 고향이 잣과 포도가 유명한 가평으로 집안 형편은 넉넉하지 않지만 부모님 사랑을 듬뿍 받고 자란 막내였다. 그런데 응석받이 모습은 보이지 않고 언제나 과묵한 맏형처럼 보였다. 후임인 용이는 탄광촌인 태백에서 딸부잣집 외동아들이었다. 부모님은 아들을 군대 보내놓고 한시도 편한 날이 없어 먼 거리를 마다않고 면회를 자주 왔다. 딸부잣집 외아들로 귀하게 자랐어도 성격만큼은 밝았다. 윤 병장은 차분하고 목소리마저 조용한데 비해 용이는 우리 집 막내처럼 조잘조잘 대며 애교까지 넘쳤다.

휴일만 빼고 늘 집에 와서 점심을 먹고 나면 윤 병장은 깔끔한 주부처럼 설거지까지 말끔히 해놓았다. 어떤 날은 점심 먹고 쉬는 시간에 텃밭에 붉게 익은 고추를 소쿠리에 가득 따놓고 가기도 했다. 또 남편이 망가진 집을 손질하면 곁에서 못질이라도 해주려고 애를 썼다. 우리 집 일손까지 도와주는 그들은 제대를 하는 날까지 우리 가족이었다.

제대를 앞두고 식사하는 자리에서 윤 병장은 제대하면 꼭 찾아오겠다고 다짐을 하듯 말했다. 남편은 사회생활 자리 잡고, 반드시 결혼하면 놀러오라고 했다. 두 사람은 제대 후 오랫동안 소식이 없었다. 남편과 함께 한 수많은 병사들이 제대하면 찾아오겠다는 말은 남겼다. 사회생활을 하다보면 그리 쉽지 않다는 걸 알고 있기에 기대조차 하지 않았었다.

거의 십 년 가까이 까맣게 잊고 지냈던 윤 병장에게 전화가 왔다. 제대 후 컴퓨터 수리기사로 직업을 갖게 되었다고 한다. 어느 날 수리하러 간 집 벽에 걸린 사진에 군 시절에 우리 집에서 자주 마주쳤던 외삼촌이 있었다. 단, 그때 선임하사님이 떠올라 전화를 했단다.

윤 병장은 직업을 바꾸면서 사무실에 근무하던 아가씨와 결혼을 하는 행운도 얻었다. 곰도 구르는 재주가 있다고 했다. 연애도 못할 것 같은 내성적인 성격인 그는 정반대인 아내를 만났다. 딸도 낳고 집도 사고 다복하게 잘 살고 있었다. 추석 때와 설 명절에는 연례행사처럼 고향에 들렀다가 부부가 함께 우리 집에 왔다. 싹싹하고 예의 바른 그의 아내에게 나는 친정집 온 것처럼 장은 물론 가을에 담은 밑반찬까지 챙겨 보냈다. 강산이 세 번 가까이 넘도록 젊은 날 추억이 깃든 사람들과, 사격장의 화약 냄새가 윤 병장의 발길을 해마다 재촉하고 있었다.

작년 추석에는 오랜만에 용이도 함께 왔다. 예전에 내 앞에서 생글생글 웃던 천진난만한 청년이 아니었다. 늠름한 모습에 성공한 사업가로 변신해 있었다. 사람을 즐겁게 했던 그는 사격장에서 터지지 않은 불발탄 때문에 세 사람 목숨이 날아 갈 뻔한 사건을 꺼내 한바탕 웃음바다로 만들었다. 나는 처음 듣는 이야기인데도 가슴이 서늘했다. 옛 전우들과 함께 깔깔대며 추억을 나누는 그들을 곁에서 보기만 해도 덩달아 즐거웠다.

풋풋한 시절에 만났던 인연이 강산을 세 번이나 넘기며 이어지고 있다. 윤 병장 덕분에 추석 때는 달콤한 가평 포도를, 설 명절에는 싱싱한 두릅 맛을 은근히 기다린다. 또 가끔 오는 용이는 뿌리치는 손에 용돈까지 쥐어 주었다.

밀렸던 밥값을 지금 받는 건가… 긴 세월 동안 비싼 이자를 정으로 남기고 가는 윤 병장과 용이의 뒷모습이 아들처럼 든든하다.

(2019. 2.)

상자 속 아버지

  그리움이 치밀면 귀 떨어진 상자를 연다. 그 안에 활짝 웃는 아버지사진이 있다. 아버지는 우리 집에 계시는 여러 해 동안 마을에서 친구도 여럿 사귀었다. 도회지에서 느낄 수 없는 *끈끈한* 정을 또래들과 소소한 일상에서 즐거움을 찾았다. 아버지 친구로 동갑내기 두 분이 있었고 서너 살 위인 친구도 있었다. 그 중에서 이웃에 가까이 사는 진 영감 집으로 자주 놀러 다녔다. 진 영감은 젊은 날 산전수전 다 겪었고 또 입담 좋은 애주가여서 아버지와 더 가까웠다.

  아버지는 눈뜨면 해장술을 챙겨서 밭고랑 이슬을 밟으며 진 영감 집으로 향했다. 부지런한 진 영감은 아궁이에 시뻘겋게 타고 있는 숯불을 화로에 담았다. 해장술을 들고 올 아버지를 기다리며 안주 준비를 하고 있었다.

  진 영감이 내놓는 안주는 아주머니가 오일장에서 사온 반 건조된

양미리나, 단골 정육점에서 개 준다며 얻어 온 살점이 약간 붙은 돼지고기다. 어쩌다 재수라도 좋은 날이면 산으로 아침운동 갔던 아들이 주워 온 산짐승요리, 아니면 다람쥐처럼 앞산을 누비며 아주머니가 채취한 산나물을 안줏감으로 내놓기도 했다. 벌겋게 달아오른 화롯불에 마주앉아 지글지글 익어가는 안주가 두 사람에게는 또 하나의 벗이었다. 진 영감과 아버지는 화려했던 젊은 시절을 술잔에 담아내고 있었다.

진 영감은 소싯적 많은 재산을 풍류로 탕진하고도 큰소리 뻥뻥 치며 살았다. 이제는 아주머니 잔소리를 귀에 딱지 앉도록 듣고 있다. 한창 밖으로 돌 때는 귀티 나는 인물에 구성진 노랫가락과, 신명나게 장구 치는 진 영감 매력에 푹 빠진 여인들도 여럿 있었다고 했다.

진 영감이 살림은 뒷전으로 하고 집 나가 있는 동안 아주머니는 오 남매와 함께 산 속 외딴집에서 살았다. 하루하루 끼니 걱정에 아주머니는 산으로 들로 다니며 등짝이 휘도록 일을 했다. 부모에게 물려받은 처갓집 재산까지 날리고 집에 들어온 진 영감을 아주머니는 내치지 못했다. 오 남매 때문에 벙어리 냉가슴 앓는 세월로 자식을 지켰다.

칠순을 바라보는 진 영감은 밤새 콜록콜록 대는 해소기침으로 치료약을 보약처럼 먹었다. 그나마 아주머니가 쉬지 않고 노력한 덕에 손바닥만 한 논과, 비록 소작이지만 제법 큰 밭이 있어 그럭저럭 살아갔다.

시간만 나면 아버지는 진 영감 집에 모이는 서너 명의 친구들과 자주 어울렸다. 나이롱 뽕을 쳐 막걸리도 사먹고, 또 살금살금 단골로 정해 놓은 술집에 놀러 다녔다. 단골집으로 행차하는 날이면 인물이 훤한 진 영감을 앞세웠다. 아버지와 친구들은 소풍가는 아이처럼 장롱에 묵혀둔 새 옷을 갈아입고 엉거주춤 앞서거니 뒤서거니 걸었다.

목적지를 가는 버스를 타려면 마을에서 십여 분 걸어야 정류장이 있었다. 그것도 시내버스를 타고 중간에서 직행으로 갈아타야 했다. 정해 놓은 단골집을 가기 위해 복잡한 노선도 잊은 채 모두들 얼굴엔 화색이 돌았다.

해질녘에 거나하게 취해 들어 온 아버지는 친구들과 약속도 잊은 채 딸내미에게 자랑삼아 주섬주섬 털어 놓았다. 나는 어머니에게 고자질한다고 엄포를 놓지만, 이내 축 처진 아버지 두 어깨에 말끝을 돌려 사위 모르게 하라고 도리어 신신당부를 하곤 했다. 텃밭 가꾸며 노년을 지루하게 보내는 아버지의 핑크빛 비밀을 지켜주고 싶었다.

아버지의 설레는 즐거움은 오래 가지 못했다. 함께 어울렸던 친구들이 갑작스런 죽음으로 한풀 꺾인 아버지는 점점 삶의 의욕을 잃어 갔다. 또 해장술 친구인 진 영감마저 지병 악화로 세상을 뜨고 말았다.

둥지 찾아 떠나는 철새처럼 쓸쓸한 뒷모습을 보이며 아버지는 큰 아들에게 갔다. 아들집으로 간 아버지는 일 년도 못 넘기고 뇌졸중으로 쓰러졌다. 건강하던 아버지가 뇌졸중으로 쓰러졌다는 청천벽력 같은 소식이 믿기지 않았다.

내가 아버지를 찾았을 때 그렇게 당당하고 멋진 모습은 간곳없었다. 한쪽편 마비로 다리를 질질 끌며 화장실에서 초라한 노인이 나오고 있었다. 나와 눈이 딱 마주친 아버지 두 눈에 이슬이 가득 고였다. 할 말을 잃은 나도 차디찬 아버지 손을 잡고 복받쳐 오르는 오열을 토해내고 있었다.

차디찬 아버지 손이 마지막 이별의 악수가 되고 말았다. 아버지는 현실을 받아들이지 못하고 나를 만난 지 한 달 만에 스스로 편안한 곳을 찾아 떠났다.

상자 속 아버지와 또 하나의 추억을 꺼내 손가락이 부르트도록 밤을 새며 소곤거린다.

(2015. 12.)

동생은 중학생

꼭두새벽부터 부산하게 도시락을 싸고 있다. 노란 지단에 김을 깔고 돌돌 만 것이 마치 개나리꽃이 활짝 핀 것 같다. 동생이 좋아하는 묵은지를 들기름에 볶아 국물이 흐르지 않도록 반찬통에 담았다. 오늘 점심시간에 동생은 내가 싸준 도시락에서 어머니의 진한 손맛을 느낄 것이다.

회갑이 가까운 나이에 동생은 꿈에 그리던 중학교에 입학했다.

"부모 잘못 만나 오빠 뒷바라지하느라 배우지도 못해 무시당할 때가 많아."

삶이 벅차 고통을 겪을 때마다 동생의 말이 내 탓인 양 가슴이 콕콕 찔렀다.

어려서부터 지금까지 지지리도 복 없이 고생만 하던 동생은 그래도 자식들은 모두 대학을 졸업시켰다. 그리고 작년 겨울 큰자식 결혼을 앞두고 남편과 의견 충돌이 있을 때 못 배웠다고 무시한다고 서러워했다. 늘 동생의 자책을 지켜보면서 항상 기회가 오면 학교에 보내고 싶었다.

의정부에 방송통신중학교가 있다는 말을 듣고 나부터 첫발을 내딛었다. 그 다음해부터 동생을 설득했다. 배우고 싶은 욕심이 있던 동생은 막상 학교 가자는 말에는 이 핑계 저 핑계를 대면서 미루었다.

나이 선착순으로 입학의 기회를 얻을 수 있는 방송통신학교에서는 최종 학력을 확인할 수 있는 서류가 필요했다. 소 심줄보다 더 고집 센 동생은 아무리 말을 해도 서류준비를 하지 않았다. 나는 조카들을 동원해 설득했지만 그것마저 신통치 않았다. 점점 날짜가 다가오자 조바심이 났다. 그래서 나는 꾀를 냈다. 나를 엄마처럼 의지하는 동생에게 열흘 넘도록 연락을 끊고 오는 전화마저 거부했다.

열흘 만에 전화를 하자 동생은 풀 죽은 목소리로 서류준비를 다해 놓았다고 했다. 그러면서 영어 수학을 어떻게 해야 할지 걱정부터 해댄다. 방안 통소처럼 오로지 가정만 알았던 동생은 자신을 위해 살았던 적은 단 한 번도 없었다. 주부라면 누구나 즐기는 취미 생활은 자신에게 사치라고 생각했다. 그런 동생하고 이야기 하다보면 앞뒤가 꽉 막혀 내 가슴이 터질 것 같았다.

한숨만 푹푹 내쉬는 동생에게 공부는 걱정 말라며 안심부터 시켰다. 집에서 원격 수업만 착실히 하면 졸업할 수 있다고 했다. 어려운 숙제나 시험 보는 요령을 알려 준다며 내가 마치 선생님이 된 것처럼 안심을 시켰다.

드디어 입학식 날이 왔다. 동생은 학교에서 마련한 이름표를 목에 걸고 자리에 앉았다. 어머니를 닮아 쌍꺼풀진 두 눈에 한껏 힘을 준 머리가 오늘따라 더욱 돋보였다. 동생이 있는 쪽을 봐라만 봐도 가슴이 벅차고 나도 모르게 눈끝이 매웠다. 가슴속에 뿌리박힌 동생의 응어리가 자식들 축하 꽃다발에 녹아내리고 있었다.

어린 시절 제대로 된 학용품도 가져 본 적 없는 동생에게 골고루 마련해 이름표까지 붙여 선물을 했다. 남동생은 책가방 사라며 금일봉을 보냈다. 우리 자식들까지 입학식에 참석해 맛난 음식으로 축하를 대신했다. 동생은 오늘 주인공이 되어 입가에 함박웃음이 멈추지 않았다.

첫 수업을 받던 날, 영어 수학의 두려움에 떨던 동생이 내심 걱정이 돼 허둥지둥 교실 밖으로 나왔다. 수업을 마치고 나온 동생은 어느새 짝꿍을 언니라고 부르며 팔짱을 끼고 싱글벙글거린다. 학교생활에 벌써 적응한 것 같아 마음이 놓였다.

"언니! 다음부터는 도시락 내가 싸 올게."

하굣길에 걸어가는 동생의 꽃무늬 책가방, 따스한 봄 햇살에 나비가 너울너울 춤추며 따라가는 것 같다.   (2017. 3.)

쌍둥이 남동생

"랍스타, 킹크랩…"

비싼 생선 이름을 부르는데 나는 가슴이 덜컥 내려앉는다. 흔한 고등어나 갈치를 잘 먹는다고 몇 번을 반복하고 전화를 끊었다. 올 겨울 동생이 거제도에서 일하는 바람에 싱싱한 생선을 골고루 먹었다.

회갑이 가깝도록 떠돌이 생활을 하는 동생은 이란성 쌍둥이로 태어났다. 형제들 가운데 몸집도 크고 키가 커서 옷을 사려면 맞는 치수가 드물었다. 아버지는 아들이라고 어려운 가정형편에 중학교를 보냈다. 공부하기를 싫어했던 동생은 학교를 도중에 그만 두었다. 기운이 장사라 일찍이 건설 노동자로 잔뼈가 굵었다.

서른이 가까워 결혼한 후 남매를 낳고 잘 살고 있었다. 그런데 전국을 다니며 십 년 가까이 뼛골 빠지게 벌어다 준 결과는 아내가 내민

이혼 서류였다. 동생은 혼자 몸으로 어린 남매를 돌볼 수 없자 우리 형제들이 돌아가며 키웠다.

부모님이 돌아가시고 동생과 자주 만날 기회가 없었다. 가끔 안부 전화만 주고받을 뿐이었다. 역마살로 전국을 떠돌다가 외로우면 가뭄에 콩 나듯 명절 때 우리 집에 왔다. 반갑기도 하고 한편으로는 사는 게 안타까워 동생에게 마음에도 없는 잔소리를 해댔다. 그러나 조카들에게는 최고로 멋진 삼촌이었다. 집에 오면 주머니를 탈탈 털어 조카들에게 용돈을 넉넉하게 주곤 했다.

내 기억 속에서 잊혀질 무렵이었다. 집에 놀러 온 친한 동생 부부와 함께 고기 먹으러 가까운 식당을 찾았다. 식당 밖에서 남자 여럿이 담배를 피우고 있었다. 모자를 쓰고 작업복 차림에 등판이 유달리 넓적한 뒷모습이 남동생을 닮은 듯 했다. 설마 전국을 떠돌아다니는 동생이 이곳까지 오리라곤 꿈에도 생각 못했다. 발자국 소리에 뒤를 돌아본 동생과 눈이 마주치자 놀란 토끼마냥 벌떡 일어났다. 연속극에서나 있을 법한 일이었다. 우연치고는 너무 신기했다.

동생을 앞세우고 집으로 왔다. 서먹서먹하고 낯설어하는 동생은 숙소가 가까이 있다며 자주 들르겠다고 했다. 어릴 때는 나를 엄마처럼 따르던 귀여운 동생이었다. 세월이 갈수록 동생은 아버지의 험난했던 삶을 따라가고 있었다. 형제 중에서 아버지를 쏙 뺀 모습과 여자 복까지 닮다니 전생에 무슨 큰 죄를 지었을까… 하늘이 무심하기만 하다.

형제 틈에서 미운 오리새끼처럼 빙빙 돌았던 오빠를 끔찍이 생각하는 여동생이 부탁을 했다. 자신의 생활도 어려운데 당장 오빠 보험을 들어주라며 돈을 보내면서, 자신이 항암치료 받고 있으니 함께 태어난 쌍둥이 오빠가 제일 위험하다고 말했다. 힘이 장사라 남들보다 많은 돈을 벌었어도 방탕한 생활로 탕진한 남동생은 보험 하나 없는 빈털터리였다. 오빠를 걱정하는 여동생의 간곡한 부탁을 나는 뿌리칠 수 없었다. 나는 여동생과 함께 남동생 암보험부터 실비까지 들고나니 내 것처럼 든든했다. 어쩌면 부모님이 사람 만들어 달라는 부탁 같았다.

남동생과 마주 앉아 솔직한 대화를 나누다 보니, 가장 힘들었던 일은 명절 때 찾아 갈 곳이 없다는 것이었다. 나는 우선 동생이 내 집처럼 살 수 있는 집을 텃밭에 짓기로 했다. 대신 제안을 했다. 모든 돈 관리는 나한테 맡기고, 만일 지키지 않을 때는 쫓겨나기로, 동생은 흔쾌히 받아들였다. 그날부터 나는 동생의 보호자가 되었다.

나에게 통장을 맡긴 동생은 흥청망청 쓰던 버릇이 있어 일 년 가까이 약속을 저버렸다. 너무 화가 나 내쫓을 기회를 엿보던 중, 일을 마치고 돌아 온 동생에게 눈길조차 주지 않았다. 동생은 본인 잘못도 모르고 쌀쌀하게 대하는 내가 서운해 가방을 싸가지고 나갔다.

몇 달째 소식도 없던 동생이 까칠해진 얼굴로 돌아왔다. 무리한 노동으로 어깨 통증이 심해 수저도 못 들었다. 동생의 풀 죽은 모습에 돌아가신 부모님이 대신 벌을 준 것 같아 속이 시원했다.

한 달 가까이 동생을 앞세우고 다니며 병원 치료를 받게 했다. 동생이 평소에 잘 먹던 음식으로 몸보신을 시켰다. 점점 증세가 호전되자 예전에 거친 말투부터 고분고분해졌다. 몸이 아프고 나더니 깨닫는 게 있었다. 늘 반기던 술친구도, 선물 보따리를 안겨주면 애교 떨던 여자에게도 갈 수 없다는 걸 처음으로 느낀 듯 했다.

몇 달째 거제도에서 일하는 동생의 통장에 재산이 차곡차곡 쌓이고 있었다. 겨우내 이곳에서 구경할 수 없는 귀한 생선을 보냈다. 비싼 것 사서 부친다고 성화를 대면

"내가 누나 아들인데, 많이 먹고 건강해, 그래야 나를 장가도 보내지!"

농담까지 하며 껄껄댔다. 술 줄이고 용돈 아껴 사 보낸다고 자랑까지 한다. 회갑이 가까워도 아직도 철부지 동생이다. 부모님 생전에 제일 아픈 손가락이었던 쌍둥이 남동생, 먼 훗날 부모님 만나면 쌍둥이들의 보호자 노릇했다고 자랑하고 싶다.

(2018. 1.)

암 병동

여기는 암 병동이다. 모든 사물이 정지된 듯 병실의 분위기가 음울했다. 마치 심해에 버려진 것 같고, 환자들은 살아 있는 미라 같다. 환자들의 슬픈 눈빛, 무거운 침묵… 나 역시 이들과 마찬가지로 침대에 누워 있다.

"밖으로 나오지 마세요."라면서 간호사가 황급히 들어와 병실 문을 닫고 나갔다. 간호사가 나간 문 쪽을 바라보니 흰 천이 덮인 침대가 문틈 사이로 보였다. 잠시 후 병실마다 '끼이익' 문이 열린다. 이어서 신음소리보다 깊은 울음이 병실 복도를 따라간다. 한동안 병실에 무거운 침묵이 흐른다.

두 번째 방사선 치료 차 입원한 병동에서 첫날 벌어진 광경이다. 다른 병동과 달리 삭발한 환자가 드문드문 눈에 띄었다. 나는 처음에 스님들이 입원한 줄 알았다. 두건 쓴 환자를 보고서야 항암치료 중인 걸 짐작했다.

옆 사람에게 슬그머니 물어보니 이곳은 암 병동이라고 했다. 그 말을 듣는 순간 두려움이 밀려왔다. 다른 병동에 비해 병실 분위기가 착 가라앉아 있어 옆 사람에게 큰소리로 말 붙이기도 조심스러웠고, 기온차를 예민하게 느끼는 그들의 눈치를 살피며 창문을 여닫아야 했다.

환자들은 대부분 벽돌보다 큰 기계에 링거 줄이 연결되어 있었고 링거는 외부로 노출되지 못하게 회색비닐로 감싸여 있었다. 링거에 매달린 네모난 기계에서 이따금 빨간불이 번쩍이면서 '삑~ 삑~' 병실이 떠나가도록 소리가 나곤 했는데 그때마다 간호사가 단거리 선수처럼 뛰어들어 와서는 번쩍거리는 기계 스위치를 숙련된 손으로 채널 숫자에 고정시켜 놓는다. 그러면 귀가 따갑도록 울리던 소리가 신기하게 멈췄다.

항암치료 받는 환자들은 식사시간에도 미동도 않고 누워 있다. 환자에 따라 부작용이 심한 사람은 음식냄새만 맡아도 입덧하는 사람처럼 속이 뒤집힌다. 대부분의 환자들은 병원 밥은 거들떠보지 않고 집에서 준비해온 찐 고구마나 과일, 건강식품으로 식사대용을 했다. 어떤 날은 나 혼자 덩그러니 수저 들기가 미안할 정도다.

일주일에 서너 차례 간호사가 병실 문을 닫는 날이면 신경이 예민해진 환자들은 표정이 일그러졌다. 자신들도 언제 흰 천을 덮고 차디찬 침대에 실려 지하로 내려갈지 아무도 장담할 수 없기 때문일 것이다. 이곳의 환자들을 더 자극하는 건 침대를 따라가며 흐느끼는 가족들의 애끓는 소리다.

나도 저들처럼 숨이 멈추면 가족들이 싸늘한 침대 뒤를 따르며 '꺼이꺼이' 우는 모습을 상상해 봤다. 나는 그나마 자식들 짝을 다 맺어줘 마음 편히 떠날 것 같았다. 그런데 내가 오래전 돌봐줬던 암환자가 불현듯 떠올랐다. 어린 남매를 두고 떠나야 했을 그녀의 심정을 헤아리니 내 눈에서 뜨거운 눈물이 솟구쳤다.

입원 환자 대부분은 암이 특정인이 걸리는 병인 줄 알았단다. 설마 했는데 암이 자신의 발목을 잡았을 때 하늘이 무너지는 것 같았다고 했다. 고통 받는 그들을 보며 방사선 치료도 힘겨워하는 내 자신이 괜스레 미안했다. 나는 병실에 머무는 동안 고통 받는 그들의 손과 발이 되기로 마음을 먹었다.

하루도 빠짐없이 면회 오는 자신의 손녀에게 간식 사주고 싶다는 백혈병 할머니가 있었다. 그래서 비틀대는 할머니를 부축하여 손녀가 좋아하는 간식을 사러 매점에 다녔다. 또 그들이 밥 한 숟가락이라도 먹고 싶어 하면 준비해간 밑반찬과 고추장까지 서슴없이 내주었다. 그들의 입으로 들어가는 수저만 봐도 가슴이 뿌듯해졌다. 퇴원하는 날, 할머니는 손녀에게 줄 단팥빵 두 개를 내 손에 꼭 쥐어주었다. 입안에서 살살 녹는 달콤한 단팥빵처럼 손녀와 할머니가 오래도록 함께 하시기를 기원하며 병실을 나섰다.

(2015. 11.)

그에게 띄우는 편지

화병에 꽂아 둔 내 편지를 그가 읽었을까.

현충일이 다가오면 그의 무덤가에 빛바랜 꽃이 눈에 아른거린다. 환한 얼굴로 우리 집 현관을 들어서던 그를 이제는 영영 볼 수 없다.

큰아들이 돌이 되기 전 어느 날이었다. 남편은 새로 부임한 인사계를 집으로 초대했다. 그는 월남에서 귀국한 지 며칠 안 되었다고 했다. 내 눈에 비친 그의 첫 인상은 볼품없이 왜소한 외모였지만 어린 아이를 닮은 순수한 눈빛이 인상적이었다. 또한 숯검정 눈썹에 구수한 경상도 억양까지 은근히 매력적이었다. 내가 처음으로 차린 밥상의 그릇을 싹싹 비우며,

"오랜만에 어머니 손맛 같은 음식을 먹었어요."

덧붙여 충청도 사람을 좋아한다는 말에 나는 얼굴이 화끈 달아올랐다.

그 후로 어머니 손맛이 그리워지면 남편을 앞세우고 우리 집에 종종 오곤 했다. 그와 다행히 동성동본이라 남편은 형님처럼 그를 챙겼고 나 역시 스스럼없이 대했다.

가까운 동료나 우리 역시 속내를 모르는 그를 신비하게 여겼다. 주위사람들은 마흔 가깝도록 총각인 그를 '이혼남인지, 아이는 있는지, 아니면 신체적 이상이 있어 결혼을 못하는지….' 별의별 추측을 하며 수군댔다.

그에게는 말 못할 아픈 사연이 있었다. 일본 태생인 그는 해방과 더불어 부모님의 고향인 경상도에 뿌리를 내렸다. 장남인 그의 아래로 삼남매가 있었다. 비록 소작농이지만 화목한 부모 밑에서 형제들은 단란하게 살았다. 그 행복도 잠시 뿐 전쟁이 터지면서 마을에 피바람이 몰아쳤다. 좌우익이 나눠지면서 아버지와 건강한 이웃남자들은 어디론지 끌려갔다. 생사조차 알 수 없는 아버지를 대신해 어머니를 따라 그는 가장 노릇을 해야만 했다.

그는 가난을 견디다 못해 소년병으로 군에 입대했다. 하사로 임관하면서부터 온 가족을 끌고 부대가 이동할 때마다 여러 곳으로 이사를 다녔다. 박봉을 나누어 동생들 학비와 병석에 계신 어머니 약값에 생활까지 책임져야 했다. 그의 두 어깨는 언제나 무거운 삶에 눌려 결혼은 상상조차 할 수 없었다. 그는 가난을 벗기 위해 파병을 결심하게 되었다.

부푼 마음으로 그는 일 년 만에 귀국을 했다. 그를 반기는 것은 억장 무너지는 소식뿐이었다. 집안 소식을 전하던 여동생으로부터 갑자기 편지가 뚝 끊겼다. 여동생 집을 찾았을 때 문 앞에서 그를 맞이한 건 제부였다. 제일 아꼈던 여동생이 세 번째 조카를 낳다가 피를 많이 흘려 끝내 깨어나지 못했다. 엄마 잃은 조카들을 껴안고 그는 흐르는 눈물을 주체할 수 없었다.

집에 도착하면 어머니의 구수한 된장찌개가 기다릴 줄 알았다. 그런데 어머니는 오랜 지병으로 앓다가 귀국하는 그를 기다려 주지 않았다. 숨을 거두는 순간까지 전쟁터에 있는 그에게 절대 알리지 말 것을 어머니는 신신당부를 했다고 한다.

지긋지긋한 가난을 벗어나 어머니를 편안히 모시려고 선택한 전쟁터였다. 그의 희망은 와르르 무너져 버리고 결혼은 생각조차 안 했다. 수군대는 소문과 달리 가난 때문에 결혼 적령기를 놓친 그를 볼 때마다 측은했다.

우리 아이들에게 늘 산타클로스가 되었던 그였다. 한 아름씩 들고 오는 선물 보따리를 받고 우리 아이들은 이리 뛰고 저리 뛰며 좋아했다. 우리 아이들 재롱에 미소를 짓고 있었지만 그의 얼굴에 항상 그늘이 보였다.

수십 년을 오라버니처럼 가까운 곳에서 함께 살았다. 가끔 남편이 속을 썩이면 야단을 쳐주던 그는 든든한 내 보호자였다. 내 생활이 쪼들리는 걸 눈치 챈 그가 말없이 통장을 털어 주기도 했었다. 그는 퇴직하면서 알뜰히 모은 돈으로 논을 샀다. 가을에 첫 수확한 쌀가마를 왜소한 등짝에 메고 낑낑대며 현관에 내려놓았다. 이마에 맺힌 송골송골한 땀방울을 손으로 훔치며 흐뭇하게 미소 짓던 그의 모습을 나는 평생 잊을 수 없다.

그는 쉰이 훌쩍 넘어 결혼을 했다. 입버릇처럼 소원하던 서울에 아파트를 장만했다. 그는 칠순이 넘어서까지 경비로 부지런히 일한 덕에 생활에 여유가 생겼다. 생활이 넉넉해지자 그는 젊은 시절 꿈꾸었던 외국여행을 아내와 해마다 다녔다.

야간 근무를 하는 날, 더위에 지친 그는 한 평도 안 되는 좁은 공간에 에어컨을 켜놓은 채 잠이 들었다. 그가 그토록 떠나고 싶었던 마지막 여행지는 그리운 어머니와 여동생이 기다리는 곳이었다.

그의 화병에 빛바랜 꽃을 뽑고 노란 국화를 꽂았다. 그에게 생전에 못 다한 이야기를 쪽지에 적어 화병에 넣었다. 내년에도 그에게 보내는 편지를 또 쓸 것이다. 그의 무덤가에 가득 채운 술잔에 이슬이 일렁거렸다.

(2016. 6.)

엄마는 착한 치매

"아이고, 아이고 창피해!"

거실에 앉자마자 두 다리를 쭉 뻗고 그녀는 푹푹 한숨을 내쉰다.

"무슨 일이야?"

얼굴이 붉게 달아오른 것이 예삿일이 아닌 듯 보였다.

그녀는 매번 일곱 가족이 사용할 수 있는 휴지 세 박스를 뭉텅이로 샀다. 휴지를 주문해 놓고 아무리 기다려도 물건이 도착하지 않자 단골 택배기사에게 전화를 했다. 분명히 현관에 갖다놓았다고 기사는 말했다. 아무리 집안을 샅샅이 뒤져도 눈에 띄지 않았다. 늘 집에 있는 엄마에게 몇 번을 물어봐도 고개를 저었다. 혹시나 학교 간 아이들을 기다렸다 확인해 봐도 모른다고 했다. 귀신이 곡할 노릇이었다. 작은 물건도 아니고 거의 100개 가까운 휴지가 감쪽같이 사라진 것이다. 휴지가 떨어질까 봐 조바심이 나 애꿎은 택배기사에게만 여러 번 전화를 해댔다. 그동안 한 번도 실수 없이 택배를 갖다놓은 터라 한편으로 미안했다. 주문하고 바로 확인 못한 자신을 탓하면서도 머릿속으로 아까운 생각을 떨칠 수가 없었다.

다음 날 기사가 굳은 표정으로 그녀의 집을 찾아와서는 택배 놓은 곳을 손으로 가리켰다. 기사는 머리를 갸우뚱하며 그 날 두 개의 택배 중 하필 남자도 들기 버거운 휴지박스가 사라진 것을 이해 못하겠다고 했다. 그는 수사관처럼 집 안팎을 살펴보더니 안채와 떨어진 창고로 향했다. 기사가 부르는 소리에 가보니 휴지 뭉치가 창고 선반에 얌전히 올려져 있었다. 그녀는 한편으로 반가우면서도 기사에게 도둑질하다 들킨 사람처럼 당황스럽고 미안해서 어쩔 줄을 몰랐단다.

이번에도 범인은 그녀 엄마였다. 치매기 있는 엄마가 애기처럼 말썽을 부려놓고 늘 모르쇠로 발뺌이다. 이번에는 달랐다. 의자 위에 서야 손이 닿는 선반에 무거운 휴지를 힘없는 노인이 했다고 믿기 어려웠다. 엄마가 갑자기 힘이 솟아 원더우먼처럼 휴지를 번쩍 들었다는 상상을 하면서 그녀 입에서 헛웃음이 나왔다.

그녀는 점점 심해가는 엄마의 치매 증상 때문에 엊그제께도 속상한 일이 있었다. 아는 어르신이 그녀가 좋아하는 노란 살구를 주셨다. 새콤달콤한 살구를 엑기스 담으려고 깨끗이 씻어 소쿠리에 받쳐놓았다. 물기가 다 빠진 줄 알고 주방에 가보니 살구가 감쪽같이 사라졌다. 거실에서 티브이 보는 엄마에게 물어봤다. 초점 없는 눈으로 이번에도 고개를 살래살래 흔들었다. 번뜩 머리에 스치는 게 있어

퇴비장에 가보니 노란 살구가 흩어져 있었다. 주섬주섬 담아 여러 번 헹구어 소쿠리에 담았다. 잠시 외출했다 와보니 또 퇴비장에 버려 있었다. 속상했지만 살구보다 더 소중한 건 엄마라고 생각하니 그까 짓 것쯤 버려도 아깝지 않았다고 했다.

그런데 오늘은 엄마 때문에 야단맞은 기사가 회사로부터 불이익 당할까 봐 그녀는 걱정이 되었다. 택배회사로 전화를 해 아픈 엄마 건강상태를 설명하면서 여러 번 사과를 했다고 한다. 그리고 팔순 넘은 엄마가 높은 선반에 휴지 세 뭉치를 어떻게 올렸는지 기사도 이해를 못했다. 그녀는 택배기사에게 민망해 엄마를 다그쳤다.

"꽤나 잔소리도 해댄다." 엄마는 서너 살 먹은 아기처럼 토라져버 렸다. 엄마의 생각지 못한 행동에 그녀는 때로는 화가 나 잔소리를 하지만 돌아서면 후회가 된다고 했다. 그나마 위안이 되는 것은 다른 치매 환자들에 비해 엄마는 착한 치매라고 그녀는 자랑까지 했다. 치매가 심하면 어쩔 수 없이 요양원 신세를 져야 하는데, 곁에 모시 고 있는 것만으로 행복하다고 그녀는 말했다.

휴지 때문에 겪었던 답답한 심정을 나에게 다 털어 놓은 후 그녀는 자리에서 벌떡 일어났다. 오늘 일을 사과하는 의미로 엄마 손 잡고 장 구경 간다고 했다. 장 구경 좋아하는 엄마에게 꽃무늬 옷과, 신발 까지 사주고 싶다고 그녀는 말했다.

뙤약볕에 황급히 걸어가는 그녀의 어깨가 오늘따라 태산도 짊어질 듯 든든해 보인다.

(2018. 7.)

지하철 발매기

'어! 이상하네 고장인가?'

동서울에서 지하철 탈 때마다 매번 줄이 늘어서 있었다. 표를 끊을 때마다 거북이처럼 손이 느려 젊은 사람에게 도움을 청했다. 오늘은 한산한 시골역이라 자신 있게 지폐를 준비하고 발매기 앞에 섰다. 목적지를 선택한 후 화면이 바뀔 때마다 눌렀다. 컴퓨터를 조금 다룰 줄 아는 것이 뿌듯했다. 돈을 달라고 화면이 뜬다. 천원짜리 지폐 두 장을 넣고 기다려도 표가 나오지 않아 취소 버튼을 눌렀다. 지폐가 혓바닥을 날름 내밀며 나왔다.

목적지를 잘못 누른 줄 알고 화면에 뜬 글자를 천천히 읽어갔다. 그런데 마지막 승차권이 나올 때 화면이 또 멈춘다. 이것저것 막 눌러도 나 잡아먹으라는 듯 꿈쩍도 안 했다. 약속시간은 다가오는데 조급해지기 시작했다.

주위를 둘러보니 마침 젊은 남자가 입구에서 걸어오고 있었다. 발매기 앞으로 오는 줄 알았는데 방향이 다른 쪽을 향했다. 다급한 마음에 부끄러운 줄 모르고 역이 떠나갈 듯 불렀다. 남자는 가던 발길을 멈추고 발매기 앞으로 왔다. 남자는 빠른 손놀림으로 버튼을 누르고 돈을 넣었다. 두 번씩이나 해봐도 고집불통처럼 꿈쩍도 안 했다. 남자는 머리를 갸우뚱하며 옆에 있는 발매기로 갔다. 역시 똑같다. ‘어라 요놈이 나이 먹었다고 거부하더니 이번에는 건강한 남자까지 뿌리쳐? 그렇다면 아리따운 여인은 어떨지 두고 보자.’ 눈을 크게 뜨고 찾았다. 여인은 보이지 않고 등이 바짝 굽은 노인이 양손을 허리에 대고 어기적대며 걸어왔다. 뒤를 이어 머리가 부스스한 걸인이 보따리를 품에 안고 대합실을 서성이며 잔기침을 해댄다. 지하철 타러 오는 사람은 없고 혼자서 양쪽 발매기를 번갈아 가며 해봐도 마찬가지였다. 은근히 화가 났다.

　예전에 자판기를 여러 대 관리했었다. 자판기가 고장 났다고 연락이 와 가보면 수없이 걷어 찬 흔적이 보였다. 찌그러진 자판기를 보면 속에서 화가 부글부글 끓었다. 지금 내가 그 입장이 되고 보니 발로 차고 싶은 생각이 굴뚝같았다.

　한참을 씩씩대는데 문 쪽에서 젊은 여성이 귀에 이어폰을 끼고 걸어왔다. 구세주를 만난 듯 앞으로 다가가 도움을 청했다. 그녀의 희고 긴 손가락 놀림이 답답한 내 처지를 해결해줄 것 같았다. 은은한 향기가 물씬 풍기는 그녀도 발매기를 번갈아 터치해도 코웃음 치는 것 같아 옆에서 보기가 민망했다. 요놈에게는 미인계를 써도 별 반응이 없다, 옆에서 울상 짓는 나를 보더니 그녀는 발매기 옆에 빨간 버튼을 눌렀다.

발매기 바로 옆문이 열리고 뚱뚱한 청년이 나왔다. 직원인 듯 한 그는 내 설명을 다 듣기도 전에 퉁명스런 목소리로

"보증금은 넣었어요?"

"무슨 보증금요?"

직원은 한심하다는 듯 천원을 더 넣으라고 했다. 화면을 자세히 보니 요금 밑에 보증금 오백 원이 눈에 띄었다. 지폐를 한 장 더 넣었더니 거스름돈과 함께 일회용 교통카드가 얄밉게 툭 떨어졌다. 건강한 남자도 아름다운 처녀도 거부하던 요놈에게는 돈이 최고인 것 같다.

목적지에 도착하면 내 돈을 가불해간 요놈을 악착같이 찾아서 품 값까지 받아내야겠다.

(2017. 4.)

내가 살아야 할 이유

    창가를 바라보니 무거운 보따리를 낑낑대며 병원 언덕을 올라오는 동생이 보였다. 영등포에서 지하철타고 의정부까지 한 시간 남짓, 또 병원 오는 마을버스를 탔을 것이다. 삼복더위에 숨을 헐떡이며 병실에 들어온 동생과 눈이 마주치자 두 눈에 이슬이 가득 고인다.

    "언니가 오래 살아야 강원도 옥수수를 맛보는데… 제발 아프지 마."

    병원에 입원할 때마다 매번 여동생은 찾아온다. 작년 올해로 뜻하지 않게 입원을 자주하는 터라 이번만은 알리지 않았다. 며칠 전 전화하다 힘없는 내 목소리에 동생이 그만 눈치 채고 말았다.

    손이 벌겋도록 들고 온 보따리에서 동생은 주섬주섬 꺼내 놓는다. 내가 좋아하는 장아찌와 젓갈, 먹음직스런 열무김치가 보기만 해도 군침이 넘어간다. 오랜 병원 생활로 매슥대는 속을 보리밥에 열무김

치와 얼큰한 고추장을 넣어 섞어 쓱쓱 비벼 먹으면 가라앉을 것 같았다.

동생은 또 다른 보따리를 풀었다. 마술 상자를 연 것처럼 색색으로 수놓은 과일과 계란말이는 꽃잎을 말아 놓은 듯, 아까워 먹을 수가 없었다.

여러 자식 뒷바라지도 힘든데 새벽부터 부산하게 음식을 준비했을 동생에게 할 말을 잃었다. 또 가방을 부스럭대더니 흰 봉투를 꺼내 내 손에 쥐어 준다. 완강히 뿌리치는 나와 실랑이를 벌이다 베개 밑에 슬며시 밀어 넣었다. 보조의자에 앉아 땀을 훔치는 시늉을 하면서 동생은 고개를 돌려 수건으로 눈가를 찍어낸다.

"언니는 방사선 치료만 받고 나가면 예전처럼 건강해져…."

두 눈이 붉어진 동생의 작고 여린 손을 잡고 다독였다.

나를 엄마처럼 의지하며 살아가는 동생이다. 우리 자매는 부부싸움이나 속상한 일이 있으면 자주 하던 전화도 뚝 끊는다. 서로에게 짐이 되는 마음 아파할 일은 피하는 것이다.

우리 자매는 어린 시절 부부싸움으로 자주 집을 비우던 어머니에게 정을 못 붙이고 자랐다. 개구쟁이 오빠들 틈에서 늘 구박받던 동생이었다. 구박받을 때마다 편이 되어주던 나를 지금까지 친정엄마처럼 의지하고 있다.

동생은 쉰을 훌쩍 넘긴 나이에도 색다른 물건이나 음식이 있으면 제일 먼저 나를 챙긴다. 계절 따라 외출복과 구두까지 내 취향에 맞추어 보낸다. 자신도 입어보지 못한 비싼 옷을 보내놓고 몇 번이나 전화로 확인을 한다. 나는 선물을 받고 좋으면서도 한편으로는 동생을 나무란다. 동생은 성의를 무시한다고 서운해 했다. 어려운 형편에 보내 온 옷을 입을 때마다 가시처럼 내 가슴을 콕콕 찌른다.

두 어깨가 축 처져 병실 문을 나서는 동생의 뒷모습을 보며 내가 살아야 할 이유가 또 한 가지 생겼다.

(2015. 7.)

닮은 꼴

"할머니와 내 피는 모기가 맛있나봐."

앙증맞은 여섯 살배기 입에서 나오는 말을 처음엔 이해를 못했다. 가만히 생각해 보니 누리 말이 맞는 듯 했다. 가끔 막내네 손녀들이 놀러오면 거실에서 늦게까지 놀다가 잠이 들었다. 아침에 일어나면 작은 손녀인 누리와 나만 밤새 모기의 밥이었다. 그뿐인가 저녁 먹고 운동 삼아 손녀들과 공원에 산책을 나간 적이 있었다. 공놀이 하느라 손녀들과 웃고 즐길 때는 몰랐지만 영락없이 맛있는 피를 어떻게 알고 컴컴한 곳에서도 벌레들이 누리와 나에게 달려들었다.

검은 피부가 나를 닮았다고 자식들이 놀려대는 큰손녀 규리는 물리지 않았다. 내 피부 색깔과 비슷해도 규리는 어찌된 일인지 잠잘 때나 공원에서도 모기 물린 곳이 한 군데도 없었다. 설혹 모기에 물려도 조금 부풀어 오르다 그뿐이다. 누리 말대로 우리 둘의 피는 모기들에게 꿀처럼 달콤한지, 아니면 새콤한 사과 주스 맛이 나는지, 집안에 모기가 어디 숨었다 나와서 흡혈귀처럼 빨아먹곤 했다. 어쩌다 모기가 눈에 띄어 잡아보면 시뻘건 피가 툭 터져 나왔다.

밤새 모기들이 회식을 했는지 여러 곳이 부풀어 올랐다. 모기 물린 자리가 긁으면 긁을수록 손을 뗄 수 없었다. 누리는 슬며시 일어나 가지고 온 짐 가방을 뒤적거렸다. 누리는 한참을 부스럭대다 물파스처럼 생긴 파란 병을 찾아왔다. 툭툭 불거진 자신의 피부에 바르는 줄 알았다. 그런데 내 곁으로 오더니 모기 물린 다리와 뒷목까지 샅샅이 찾아 바르며

"할머니! 긁으면 주사 맞아야 해."

긁는다고 따끔하게 야단치는 누리는 며느리한테 들었던 말을 그대로 했다. 누리가 치료해 준 덕분에 곪을 듯이 성난 피부도 서서히 가라앉았다. 아직도 거뭇거뭇한 흔적 위에 손녀들의 그리움이 덧칠되어 있다.

텃밭에 심어 놓은 야채들이 서리에 맞을 것 같아 밭고랑을 여러 번 옮겨 다니며 뽑았다. 아니나 다를까 풀숲에 숨어 있던 모기들이 맛있는 피 맛을 보려고 달려들었다. 모기들에게 마지막 가을 잔치를 해주고 밭고랑을 나왔다.

추위에 독이 한껏 오른 모기들이 여름보다 더 사나워졌다. 아무리 긁어도 점점 더 가려웠다. 누리에게 야단맞던 생각이 나자 문득 떠오르는 게 있었다. 손녀들이 집에 가면서 놓고 간 약이 있었다.

손녀는 집에 간다고 신이 나 야단법석을 떨었다. 가지고 왔던 짐 가방에 갖고 놀던 장난감부터 내가 사준 그림책과, 얼굴에 바르던 로션까지 꼼꼼히 챙겨갔다. 어느 날 책상 위에 손녀가 놓고 간 벌레 약이 눈에 띄었다. 아마도 할미를 살뜰히 챙기는 누리가 내가 벌레 물리면 바르라고 놓고 간 듯 했다. 어른들도 표현하기 힘든 언어로 내 마음을 살살 녹여내는 손녀이다.

집으로 가기 전 날 밤, 누리는 고사리손을 내 새끼손가락에 걸었다. 그리고 손도장을 꾹꾹 찍었다.

"내 피와 할머니 피, 맛있는 것 알지?"

"그래, 너와 나는 꿀맛 같은 피가 닮았어."

누리는 내 목을 꼭 껴안아 주고 갔다.

(2018. 10.)

되로 주고 말로 받기

'우리 집은 왜 가난할까?' 오래 전 방학 때 놀러 온 조카의 일기장을 우연히 보았다. 일기장을 읽어보니 어느새 조카는 훌쩍 철이 들어 있었다. 집안이 가난하다는 이유로 자신의 미래를 걱정하는 조카에게 들려 줄 말이 있었다.

불우한 환경에서 자란 내 동생이 너희들을 지켜주는 엄마라고 말했다.

핏덩이 때부터 외할머니 품에서 자란 사연, 또 지금 조카가 집안 형편을 걱정하는 원망의 대상이 엄마가 아닌 가까운 친척에게 사기 당한 것 때문이라고 말했다. 조카는 그동안 엄마에게 오해했던 것이 풀린 듯 했다. 하염없이 조카가 쏟아내는 눈물이 내 가슴을 짓누르고 있었다.

그 날 나는 조카의 젖은 손을 꼭 잡고 약속을 했다.

"대학만 들어가면, 첫 등록금은 이모가 해줄게."

가끔 동생 집에 가면 좁은 쪽방에서 밤새워 공부하는 조카에게서 희망의 싹이 보였다. 학교생활에 지쳐있는 조카에게 용돈도 주고 칭찬도 아끼지 않았다. 조카는 나와의 약속을 저버리지 않고 사춘기를 무사히 넘기고 서울에 있는 ㄷ대학에 합격했다. 그때 마침 작은아들이 결혼식을 올렸다. 결혼식 축의금 일부를 조카의 첫 등록금으로 제부의 손에 쥐어 주었다. 나는 약속을 지켰다는 후련함에 날아갈 것만 같았다. 또 조카의 그늘진 얼굴에 환한 미소가 번질 걸 생각하니 가슴이 뿌듯했다.

대학을 다니면서 졸업 때까지 조카는 아르바이트로 학비를 벌었다. 아르바이트하고 남은 시간들은 학원과 도서관을 제집처럼 다녔다. 끼니도 제대로 챙기지 못하여 가냘픈 조카가 안타까울 때가 많았는데 어려운 주변 환경을 극복하고 그 어렵다던 회계사 시험에 당당히 합격을 했다.

이태 전에 결혼도 하고 지금은 돌을 앞둔 아기도 있다. 또 개인 사무실까지 열었다. 조카는 나를 만나면 용돈도 챙겨주고 학교 입학할 때는 명품가방도 선물했다. 조카는 제부보다 동생을 지켜주는 든든한 보호자가 되었다. 시름시름 앓던 동생이 건강검진에서 암판정을 받았을 때 조카들이 앞장서서 최선을 다하는 모습이 눈물겨웠다.

오늘 조카와 전화통화 중에 "이모, 대학 갈 때 첫 등록금은 내가 줄게." 한다.

대학 등록금을 받은 후 고맙다고 인사한 적도 없는 조카가 잘 자라 주는 것만 고마웠다. 그런데 뜬금없이 내 등록금을 책임지겠다는 말에 가슴이 뭉클했다. 수줍음을 잘 타는 조카는 마음속에 항상 담아두고 있었던 것 같았다.

'뿌린 대로 거둔다.'고 했다. 내가 살면서 제일 보람으로 느낀 것 중 하나가 조카 등록금을 내준 일이다. 어린 조카의 뜨거운 눈물을 보면서 약속을 지켰다.

통장에 쌓인 돈은 없어도 조카들을 보면 항상 나는 부자다. 대학 등록금도 미리 책임지겠다는 조카도 있다. 또 여름이면 샌들과 옷도 사주는 딸 같은 조카, 다섯 명의 조카들이 내 노후 용돈은 책임지겠다고 했다.

되로 주고 말로 넘치게 받는다. 나처럼 이문 많이 남는 조카 장사는 해볼 만하다.

(2018. 5.)

삼신 할매의 선물

"이번에 출산하는 애기가 막내인가요?"

점점 남산만 해지는 그녀의 배를 아래위로 올려다보며 걱정스런 눈빛으로 물어봤다.

"삼신 할매가 또 주시면 낳기로 남편과 약속했어요."

임산부인 그녀가 고개를 살래살래 흔든다. 질문한 내가 무색하여 입이 딱 벌어진다.

그녀에게는 초등학교 저학년인 큰아이를 시작으로 세 명의 동생이 있다. 또 딸만 있는 것도 아니고 중간에 댓살짜리 아들도 있는 듯했다. 아무리 가늠해 봐도 시어머니까지 모시고 사는 그녀의 가족이 살기에 아파트가 비좁았다. 그래도 그녀는 전혀 개의치 않고 다음에 또 애기가 생기면 낳겠다는 대답이다.

이웃들은 양편으로 나뉘어 수군댄다. 한쪽에서는 넉넉지 못한 형편에 의식주도 중요하지만 가르치는 게 더 문제라고 했다. 아이들이 많으니 그녀는 맞벌이도 할 수 없는데 다른 집 아이들과 어느 정도 수준을 맞추려면 최소한 학원 한 곳 정도는 보내야 하지 않는가. 그녀 남편의 혼자 수입으로 늘어나는 아이들 식비도 힘들 것 같다고 걱정들을 한다.

그런데 다른 쪽으로는 그녀를 애국자로 추켜세워 칭찬하는 이도 여럿 있다. 결혼 적령기가 늦어지면서 요즈음 부부들은 아이들을 적게 낳고 있다. 또 낳는 것보다 수입의 절반이 아이들 교육비로 충당하기에 자신들 노후를 걱정해 다산을 꺼리는 부부도 많다. 점점 늘어나는 노인인구에 비해 골목마다 아이들 뛰어노는 모습이 줄어들자 사람들은 걱정을 한다.

비록 금수저 부모는 아니지만 여름 내내 불러오는 배를 끌어안고 얼굴에 기미가 까맣던 그녀가 아기를 낳았다. 삼칠일이 지나 아파트 버스 안에서 그녀를 보고 궁금해 한 마디씩 물어 본다. 아들을 기대했던 그녀의 누렇게 뜬 얼굴에 서운한 빛이 역력했다. 나는 그녀를 위로해 주고 싶었다.

"딸이 넷이면 엄마는 호강할 일만 남았네요."

나는 딸 많은 친구와 아들만 낳은 내 처지를 비교해 주었다. 딸 많은 엄마는 하루 종일 전화기에 불이 나고 비행기도 여러 번 탈 것이며, 엄마의 사계절 옷 걱정 용돈걱정 '뚝'이다. 그리고 제일 중요한 건 나이 먹어 외로울 때 친구가 되어 준다고 말했다.

아들 가진 엄마는 세상 뜨는 날까지 마음에 무거운 짐, 엄마가 필요할 때만 찾는 것이 아들들이다. 가장이 된 아들 입장도 이해를 한다. 그러면서도 한 달 내내 울리지 않는 전화벨이 야속하기만 하다. 점점 나이가 들수록 외롭고 빈 가슴을 채우지 못하는 것이 대부분 아들 가진 엄마들이다.

장황하게 늘어놓는 내 말에 서운하던 마음이 위로가 되었는지 그녀의 누렇게 뜬 얼굴에 화색이 돌았다.

착하고 어진 그녀의 넉넉지 못한 형편이 안타까울 때가 많았다. 그녀가 아기를 업고 골목에 서성이면 뭔가를 챙겨주고 싶은 마음이 생겼다. 손녀가 작아서 못 입는 옷을 골라 주었다. 또 손녀가 놓고 간 큰 비행기를 아들에게 안겨주자 큰 소리를 지르며 좋아하는 모습에 나도 덩달아 마음이 뿌듯해졌다. 그리고 행사에 썼던 대형 케이크를 아이들이 양껏 먹었다는 말에 내 배가 더 불렀다.

어스름한 저녁, 골목에 나온 그녀가 눈에 띈다. 아기를 등에 업고서 아장아장 걷는 아들 재롱을 흐뭇한 듯 바라보고 있다. 그때 "엄마~" 하고 달려오는 딸들을 반기는 애정 어린 그녀의 눈빛, 예전에 나를 반겼던 외할머니의 자애로운 눈빛과 닮았다. 여럿 아이들을 풍요로운 물질보다 엄마의 따뜻한 정으로 고운 심성을 심어주는 그녀의 교육방법에 가슴이 뭉클해진다. 삼신 할매의 선물로 늘어나는 가족 수만큼 그녀의 허리도 휘겠지만 시들지 않는 아이들 웃음꽃은 집안을 향기로 가득 채울 것이다.

(2015. 9.)

04

쌀을 파는
여자

살아 있는 부처

올 가을도 김장을 여러 번 나누어 했다. 김장때마다 가슴이 아리도록 생각나는 사람이 있다.

얼마 전 동생이 통화하다가 뇌성마비를 앓고 있는 자식을 둔 친구 이야기를 했다. 나도 그녀를 몇 해 전에 만난 적이 있는데 그때 동생을 따라와 우리 집에서 김장을 해 갔었다. 순수한 외모를 지닌 그녀의 속사정을 듣고 자식을 둔 엄마 입장으로 한없이 가여웠다.

그녀는 아들 형제를 두고 있었다. 불행히도 큰아이가 뇌성마비로 지능이 서너 살 수준이다. 그 애가 태어난 지 얼마 안 돼 뇌성마비 판정을 받고는 모든 생활을 포기하다시피 하고 어린 아들을 고쳐보려고 병원과 용하다는 한의원까지 전국을 누비며 찾아다녔다고 한다. 엄마의 정성이 하늘에 닿았는지 몸도 못 가누던 아이가 한 발자국 씩 뗀다고 했다.

그녀는 삼십여 년 동안 그 아이의 손과 발 노릇만 하느라 사업하는 남편도 작은아들도 신경을 못 쓰고 살았다. 서른 살이 훌쩍 넘은 지금까지 엄마의 손길이 필요하다. 어릴 때는 재활치료나 학교에 갈 때 번쩍 안고 다녔으나 점점 아이가 성장하면서 힘에 부쳐 감당하기 힘들었다.

모든 현실이 자신의 죄인 양 불평 한 마디 못하는 그녀, 설상가상으로 남편의 연이은 사업 실패로 월세방에서 네 가족이 살고 있다. 아이가 어려서는 친정어머니께 맡길 수도 있었으나 지금은 어머니마저 치매를 앓고 있어 맡길 곳이 없단다.

그녀가 잠시 숨을 돌릴 수 있는 시간은 작은아들이 직장에서 쉬는 날뿐, 그녀는 모진 마음을 먹고 시설에 맡기려고 남편과 상의를 한 적이 있었다. 남편은 자식을 맡겨 놓고 가슴이 터질 듯한 고통이 싫다며 완강히 반대를 했다. 그녀 부부의 사랑으로 길러낸 아이가 서른이 넘었다. 아이에게 혼신의 힘을 쏟다보니 환갑이 되도록 마음 놓고 외출한 적 없는 그녀는 많이 지쳐 있었다.

낮 시간 동안 그녀는 생활비를 벌기 위해 잠깐씩 맡길 곳에 보냈다. 지능은 아기지만 신체적으로 여자를 아는 나이였다. 시설에서 이상한 행동을 한다고 더 이상 받을 수 없다고 할까 봐 늘 노심초사했다. 그녀의 딱한 사연을 듣고 내가 해줄 수 있는 것은 그녀의 가족들이 겨울 동안 먹을 수 있는 김치뿐이었다.

동생이 샘을 내도 나는 그녀가 가져 온 김치통을 가득가득 채워주고 쌀도 한 포대 실어 주었다. 그녀는 차에 타면서 꼬깃꼬깃한 오만 원짜리 두 장을 내 손에 쥐어 주었다. 나는 다시 그녀의 주머니에 넣어주며 가냘픈 두 어깨를 꼭 안아 주었다. 손을 흔들며 떠나는 그녀의 눈망울에 물기가 어렸다.

올 김장철에 혹시나 그녀가 동생을 따라 올까 기다렸다. 아픈 자식이 김치를 좋아한다고 했던 그녀의 말이 자꾸만 떠올랐다.

끝까지 아들을 품에서 떼놓지 못하는 살아 있는 부처에게 올해도 김치 한 통을 보내야 할 것 같다.

(2018. 11.)

사는 날까지

"아이고야 살아 있었네."

안도의 한숨을 내쉬는 아줌마, 두 달 내내 밤낮을 가리지 않고 집 전화를 했단다.

언제부터인지 집전화가 울리면 받지 않는 버릇이 생겼다. 벨이 울리면 주방에서 일을 하다 급히 뛰어와 받아보면 광고나 여론 조사였다. 마음이 약한 나는 바로 끊지 못하고 답변해 주다보면 짜증날 때가 많아 어느 날부터 낮에 울리는 전화는 받지 않았다. 요즘 들어 가끔 낮에만 울리던 전화가 밤에도 왔다. 선거철이라 여론조사 전화로 생각하고 무시해 버렸다. 그런 줄도 모르고 밤낮으로 전화하면서 아줌마는 마음 졸이며 지냈다고 했다.

이태 전 여름, 입원해 있을 때 아줌마는 병문안을 오셨다. 관절염으로 제대로 걷지 못하는 아줌마 아들이 병실까지 모셔놓고 갔었다.

아줌마랑 이야기보따리를 풀다보니 점심식사가 나왔다. 내가 안절부절하자 아줌마는 서슴없이 밥그릇을 앞으로 끌어다 놓더니 함께 먹자며 수저를 들었다. 아무리 맛있게 해줘도 병실에서 먹는 밥은 내 입맛에 안 맞았다. 그런데 아줌마는 나랑 마주 앉아 밥그릇을 싹싹 비워냈다.

점심을 먹고 해가 뉘엿뉘엿 질 때까지 아줌마와 지나간 추억을 곱씹고 있었다. 세월을 이기는 장사가 없다고, 애기 피부처럼 뽀송뽀송했던 아줌마 얼굴에 저승꽃이 군데군데 피었다. 화투장을 날리도록 재빠르던 손마디 마디는 관절염으로 인해 갈퀴손으로 변해 있었다.

그날은 내 앞에서 활짝 웃었지만 암수술한 걸 아는 아줌마가 집에 가서도 내내 걱정을 많이 했단다. 예전엔 가끔 신철원에 가면 아줌마와 함께 점심도 먹고 넓은 거실에 벌렁 누웠다가 오기도 했다. 거동이 불편해진 아줌마는 집을 자주 비우고 딸 별장을 오가며 살았다. 그런데 두 달 전 집을 팔고 자식들이 사는 양주로 이사를 갔단다. 내가 혹시라도 찾아가면 헛걸음할까 봐 매일 두서너 차례씩 전화를 한 것이다. 내가 계속 전화를 받지 않자 아픈 모습을 보고 간 아줌마는 혹시라도 내게 큰일이 난 것이라 지레 걱정을 하고는 계속 통화가 안 되면 동두천 사는 작은아들을 수소문해서 내 소식을 알려고 했단다. 나는 아줌마가 애탔다는 말에 "핸드폰 번호 있잖아요?"라고 했다. 그런데 아줌마 기억속에는 사십여 년 전 집전화만 입력되어 있었다. 긴 통화를 하면서 서로가 목이 메어 말문이 자주 끊기고 있었다.

구순을 바라보는 아줌마와 긴 인연은 내가 이십대 후반 때부터였다. 직업 군인이었던 남편 근무지 가까이에서 셋방을 살고 있었다. 교통이 불편한 부대 주변에 집들이 드문드문 서너 채가 있었고, 부대 가까이에 있는 군인관사 뒤에는 아줌마 또래의 친구가 살았다. 또 한 분은 주인집 할아버지가 본가에서 논밭을 한 번씩 둘러보러 오면 아줌마가 제일 반겼다. 일을 마치고 집으로 가려는 할아버지를 붙잡고 아줌마 친구도 부르고, 셋째를 가져 배가 남산만한 나를 광이라도 팔라고 끼워주었다. 점당 십 원짜리 고스톱을 치면서 할아버지와 아줌마는 고양이와 쥐처럼 아옹다옹 거렸다. 손이 굼뜬 할아버지와 차례가 오기 전 화투장을 내리치는 아줌마는 복장 터진다고 가슴을 치면서도 여전히 함께 놀았다.

우리 아이들은 눈만 뜨면 아줌마에게 쪼르르 달려갔다. 수돗가에서 일하는 아줌마 치마꼬리 잡고 장난을 치다가 서로 깔깔대고 웃었다. 삼복더위에는 앞개울 다리 밑이 우리 아이들과 아줌마의 놀이터였다. 아줌마네 밭에서 수확한 싱싱한 수박과 참외를 먹었으며 아이들과 물싸움하며 한여름 더위를 식혔다. 아줌마 곁에서 삼 년 가까이 살다가 근무지 이동으로 이사를 가게 되었다.

우리 가족을 떠나보내고 허전하면 먼지 풀풀 날리는 먼 거리를 아저씨의 애마인 오토바이에 매달려 놀러 오시곤 했다. 아줌마와 늘 장난쳤던 아이들이 눈에 밟혀 오실 때는 간식거리를 한아름 안고 왔다. 때로는 손수 한 땀 한 땀 짠 조끼를 아이들에게 입혀놓고 친 손자들처럼 옷매무시 만져주며 흐뭇해하셨다. 잠깐 들렀다 간다는 아줌마를 나는 꼭 잡고 밤이 깊도록 이야기꽃을 피웠던 적이 엊그제 같았다.

죽기 전에 한 번만 더 만나자고 간절히 말하는 아줌마와 약속을 했다. 그리고 나는 또 다른 약속도 했다. 아줌마를 우리 집에 모셔놓고 화투쳤던 친구 분과 고스톱 치자고 했다. 멤버였던 할아버지가 돌아가신 것이 좀 아쉬웠지만, 친구를 만난다는 생각에 아줌마는 들떠있었다.

사는 날까지 안부하자고 손가락을 걸고 병실을 떠났던 아줌마, 눈가에 맺힌 이슬이 오래도록 내 가슴을 적시고 있다.

(2018. 7.)

빨간 스웨터

꽃무늬 실내복을 입고 마냥 좋아했던 그녀 어머니에게 헌옷을 주고 늘 맘에 걸렸다. 기회가 되면 새 옷을 사드리고 싶었다.

그런데 간절한 마음이 통했는지 어려서도 받지 못한 설빔을 Y선생님이 보내왔다. 선생님이 보내 준 화사한 스웨터에서 봄 향기가 솔솔 풍기는 듯 했다. 봄에 입고 나가면 철쭉꽃 색상에 나비가 날아와 앉을 것만 같았다. 옷에 촘촘히 박힌 큐빅은 밤하늘에 떠 있는 별처럼 반짝였다. 또 양쪽에 주머니까지 있어 그녀 엄마에게 딱 맞는 옷이었다. 빨래에 집착하는 그녀 엄마, 추운 날씨에도 밖으로 빨래를 가지고 들락거리는 꽁꽁 언 손을 스웨터 주머니가 녹여 줄 것 같았다.

Y선생님께는 살짝 미안했지만 내 이야기를 들으면 도리어 칭찬 하지 않을까. 선생님께서 발품 팔아가며 백화점에서 제일 예쁜 걸로 고른 옷이라고 했다. 스웨터는 인자한 선생님 손길마냥 부드러웠다.

친언니보다 더 나를 챙기는 선생님의 따뜻한 마음까지 담아 그녀 엄마에게 선물을 했다.

세상을 잃어버린 채 살아가는 그녀 엄마다. 그녀는 자신의 어머니가 하루에도 몇 번씩 하는 대소변 실수도 싫은 내색을 하지 않는다. 도리어 치매가 심하지 않아 감사하다는 말만 되풀이한다. 도대체 그녀는 천사가 환생을 했나, 아니면 전생에 심청이었던가, 때때로 황당한 일을 저지르는 자신의 엄마로 인해 답답한 가슴속 이야기를 나에게 하기도 한다.

나는 비록 부모님 계실 때 불효만 했지만 그런 그녀에게 늘 "부모님은 어느 날 바람처럼 홀연히 곁을 떠나가신다."고 말해 준다. 또 내가 어머니 돌아가신 후 가슴 저리도록 후회했던 일도 알려 준다. 서랍장에 있는 헌옷과 자주 안 입는 엄마 옷을 아깝다고 절대 쌓아놓지 말라. 신발 역시 오래되고 색이 퇴색한 건 모두 버리라고도 했다. 그녀는 내 말을 듣고 주섬주섬 골라 한 보따리를 필요한 사람에게 주었단다. 이제부터는 아끼지 말고 새 옷만 입히고, 엄마가 좋아하는 음식만 해드리라고 했다.

한참 돈 들어 갈 자녀가 셋이나 있는 그녀다. 그래도 장날이면 걸음이 비척대는 엄마를 부축해 다녔다. 단골 신발가게에 들러 구경도 시켜 드리고 혹여 엄마 눈에 띄는 신발이나 새 옷을 사드린다. 마트에 들르면 자식들 간식과 엄마가 잘 먹는 걸 골라 한 아름씩 차에 싣는다.

가끔은 그녀는 엄마가 불안증세를 보이는 날에는 엄마를 돌보느라 자정이 넘어도 잠을 못자고 서성여야 하는데 그런 할머니 때문에 잠을 설치는 자식들에게 미안하다고 했다. 엄마의 치매가 점점 심해져서 요양시설에 보내야 하나 고민을 하다가 엄마가 건강했을 때 부탁했던 말이 떠올랐단다. "집에서 살다가 저승에서 부르면 가고 싶다." 고 하신 엄마의 간절한 소원을 그녀는 지켜드리고 싶다고 했다.

 자식들에게 그녀는 산교육을 시키고 있다. 뿌린 대로 거둔다고, 자식들은 엄마의 거울을 보면서 쑥쑥 자랄 것이다. 치매 할머니와 병든 할아버지를 말없이 돌보는 그녀를 보는 자식들은 먼 미래에 부모에게 돌려 줄 효 교육을 익히고 있는 중이다. 그런 그녀에게 무엇을 준다 한들 아까울 게 있겠는가. 그녀는 상표도 떼지 않은 스웨터를 엄마에게 가져 간 후 전화를 했다.

 "언니, 언니! 몸에 맞춘 듯 딱 맞고, 엄마가 너무너무 좋아해."

 그녀는 엄마의 화사한 얼굴이 십 년은 젊어 보인다고 했다. 엄마와 덩달아 그녀의 웃음소리가 그칠 줄 몰랐다. 모녀의 행복감이 두 배의 설빔으로 나에게 돌아오고 있었다.

 "Y선생님! 때때옷 제가 안 입었다고 서운해 하지 마세요. 선생님이 선물한 빨간 스웨터에서 여느 해보다 일찍 철원의 봄소식이 전해오고 있어요."

(2019. 2.)

부자 할머니

손녀들에게 줄 선물이 있다. 아직은 비밀이다.

주변이나 TV를 통해 가끔 눈살을 찌푸리는 뉴스거리가 있다. 재산이 넉넉한 부모를 둔 자식들은 감사하는 마음보다 돌아가신 영정 앞에서 다툼이 생기는 예를 보아왔다. 또 어떤 자식들은 부모 재산을 미리 탐하여 행패를 부리거나 못된 악행을 저지르기도 한다.

나는 자식에게 남겨 줄 재산도 없다. 키워주고 공부시켜 장가보낸 것으로 임무는 끝났다고 생각한다. 그렇다고 결혼시키면서 방 한 칸 제대로 해줄 정도로 넉넉한 살림이 아니었다. 부모 형편을 아는 자식들은 바라지도 않았고 스스로 해결을 했다. 부모에게 기대지 않고 살아가는 자식들이 대견스럽고 때때로 미안하다.

어느 날부터 부모노릇도 제대로 못한 자식에게 무언가 남겨 주고 싶었다. 땅 한 평 없고 돈 나가는 건물도 없는 내가 아무리 찾아봐도

줄 것이 없었다. 보험이 있기는 하지만 살아생전 병원비를 자식에게
손 안 벌리고 쓸 정도뿐이다.

집안행사 때마다 자식들이 주는 용돈과 매달 통장에 찍히는 돈을
헛되게 쓰지 않고 여러 개의 보험료를 꼬박꼬박 내고 있다. 며느리들
이 절약하며 보내는 용돈을 이제는 돌려 줄 때가 된 것 같다. 어떤
방법이 좋을지 여러 날 고심을 했다. 목돈으로 만들어 줄까, 아니면
가족끼리 외국 여행을 보낼까, 그러다 명절 때 온 손녀들 이야기를
며느리들에게 들은 후 돌려 줄 방법을 찾았다.

한참 멋 부리는 사춘기 큰손녀는 머리를 노랑 병아리처럼 하고 방
학 때 왔다. 그것도 모자라 입술을 빨갛게 덧칠한 모습에 눈살을 찌
푸린 것은 여학생들이 어른 흉내를 내며 빨간 입술이 눈에 띄면 안타
까웠기 때문이다. 걱정하는 내가 이상한 듯 아들 내외는 신경도 안
쓰고 중학교 졸업을 앞두고 진로 걱정만 하고 있었다. 나는 불량소녀
처럼 다니는 손녀를 가까운 학교에 보내면 될텐데 걱정을 사서 한다
고 생각했다. 내 생각은 예상밖이었다. 손녀는 특수고를 갈 만큼 공
부를 잘했다. 스스로 실력을 차곡차곡 쌓은 손녀는 중학교 졸업식장
에서 상을 세 개나 타는 영광을 누렸다. 손녀의 꿈이 교사라는 걸
처음 알았다.

둘째 손녀 역시 시험 때마다 만점 가까운 점수를 얻는단다. 초등학
교 다니는 두 손녀 역시 상위권에 든다고 며느리들이 자랑을 했다.
내가 사춘기시절 못 다한 공부를 손녀들이 한을 풀어 주는 것만 같아

가슴이 뿌듯했다.

　나는 자식에게 돌려 줄 명분을 찾았다. 여섯 손녀들에게 대학 등록
금을 마련해 주는 일이다. 대학 들어가는 시기에 맞추어 적금을 들었
다. 올해까지 세 손녀 앞으로 통장을 각각 만들었다. 남은 손녀들은
내 국민연금 타는 다음 달부터 들어 줄 예정이다.

　내가 등록금을 마련하기 위해 작년부터 적금을 붓는 것을 자식들
은 모른다. 허리띠를 졸라매고 손녀들 뒷바라질 하는 자식들에게 대
학등록금으로 깜짝 선물을 주려고 한다.

　손녀들 등록금 통장을 가끔 꺼내보면 세상에서 재산이 가장 많은
부자 할머니가 된 것처럼 든든하다.

(2017. 11.)

사랑의 묘약

"누리야. 어서 엄마 곁에서 자거라."

제 어미에게 보내고 나면 또 몇 분 안 되어 내게 되돌아오기를 반복하더니, 잠자리를 결정한 듯 내 품으로 파고들었다. 그런데 팔베개가 축축하다. 깜짝 놀라 등을 쓰다듬던 손을 멈추고 우는 이유를 물었다.

"집에 가기 싫은데 학교 갔다 와 혼자 있을 언니 때문에…."

말끝을 맺지 못하고 더욱 서럽게 울었다. 매일 언니와 토닥거리면서도 제 언니를 끔찍이 챙기는 누리를 예뻐하지 않을 수 없다. 핏덩이 때부터 키운 정도 있지만 조잘대는 말 한 마디 한 마디에 깜짝깜짝 놀랄 때가 많다. 어린 아기에게도 배울 것이 있다더니 누리를 보면서 느끼는 게 많다.

제 집에 가기 전날, 누리는 종이 위에 그림을 그리기 시작했다.

사람 셋을 그려 놓고 '할머니, 언니'라고 썼다. 그리고 '사랑해요'라는 말까지 적은 후 편지라며 내밀었다. 여섯 살배기가 쓴 삐뚤빼뚤한 글과 그림 속에는 표현 못하는 누리의 마음이 듬뿍 담겨 있었고 나는 손녀의 생각을 읽어낼 수 있었다.

손녀가 여럿이 있어도 이런 감정은 처음이었다. 누리가 떠나고 난 자리가 텅 빈 듯 허전하다. 문득문득 가슴이 쏴 하며 그리운 것이 마치 상사병이라도 난 듯하다. 길 가다 또래 아이를 보면 손이라도 잡고 싶은 충동이 일어나고, 그 아이가 멀어질 때까지 바라보는 버릇까지 생겼다. 누리와 함께 단골로 가는 옷가게를 그냥 지나치지 못하고 누리가 입을 만한 원피스가 밖에 걸려있으면 한 번씩 만져보곤 한다. 그런 나를 가게 안에서 바라보는 주인은 빙그레 웃는다.

누리를 편애하는 내 자신이 때로는 며느리들 보기 미안할 때도 있다. 가족 모임 때나 명절에 만나는 손녀들이 쑥쑥 크는 모습만 봐왔다. 가끔 보는 할머니가 어려워 묻는 말도 대답을 흐리는 손녀들인데 누리는 다르다. 방학을 기다렸다가 갖고 싶은 걸 미리 정해 가지고 온다. 누리는 나를 만나자마자 스스럼없이 문방구에 가자는 약속부터 받아내곤 한다. 문방구에서도 철든 아이처럼 사고 싶은 장난감을 손으로 짚으며 꼭 가격을 물어봤다. 만원이 넘으면 할머니 돈 많이 쓴다고 도로 내려놓는다.

이렇듯 작은 말투와 행동까지도 속이 깊은 누리, 사랑하지 않고는 못 배기게 한다.

눈에 콩 깍지가 낀 듯, 아파서 누워 있다가도 누리의 전화 목소리만 들려도 저절로 웃음이 나온다. 이제는 조금 컸다고 집에 오면 간단한 내 시중까지 들어준다. 밥 먹고 나면 설거지 그릇도 갖다놓고 물심부름도 한다. 그런데 집에서는 혼자서 잘 먹던 밥도 나만 보면 어리광 부리며 먹여 달랜다. 그런 모습까지도 사랑스럽다. 아마도 눈에 콩깍지가 중증으로 낀 듯하다.

내 볼에 진한 뽀뽀를 남기고 장난기 섞인 코맹맹이 인사를 남기고 누리는 제 집으로 갔다.

얼마 후 누리가 울고 있다면서 며느리가 전화를 했다. 집에 가기 전에 즉석카메라로 찍은 사진이 문제란다. 내 무릎에 앉아 찍은 사진을 들여다보면서 울고 있다는 것이다. 누리의 눈에서 똑똑 떨어지는 이슬방울이 내 가슴까지 적시는 듯했다.

전화를 먼저 하고 싶어도 나는 참는다. 엄마에게 꾸중을 듣거나 언니와 다투다 내 전화 목소리만 들려도 울음보가 터져버린단다. 누리가 내 귓속에다 소곤소곤 했던 말이 있었다. '할머니가 늘 가슴속에 있다'고, 연인들이 속삭이는 말인 줄 알았는데 누리에게 더 진한 사랑을 받고 있다.

'사랑해'를 달콤한 솜사탕처럼 목을 껴안고 녹여주고 간 손녀, 내 삶의 명약이 되고 있다.

(2019. 1.)

홍길동 여동생

그녀의 별명은 홍길동 여동생이다. 예쁘장한 얼굴에 운동으로 다져진 몸매까지 흠잡을 곳 없다. 입고 다니는 옷도 평범하지 않다. 집시 같은 너덜너덜한 옷을 입으면 그대로 집시여인이 되고 북극곰 털을 걸치면 귀부인이다. 화장기 없는 까무잡잡한 얼굴은 더욱 매력적이다.

오래 전 돌아가신 친정아버지가 선물한 터덜거리는 차가 그녀의 유일한 이동수단이다. 눈 뜨면 그녀의 하루 일상이 시작된다. 시어머니께서 지병으로 세상을 뜬 후 남편은 시아버지를 모시고 그녀 집과 떨어진 본가에 살고 있다.

밤에는 시아버지와 남편 있는 본가에서 지낸다. 따끈한 국물 없이는 한 수저도 못 뜨는 시아버님을 위해 아침밥을 짓는데 일주일 메뉴를 바꿔가며 반찬에 신경을 쓴다. 그리고는 부리나케 아이들이 잠든 친정집으로 차를 몬다. 곤히 잠든 아이들 방문을 들락거리며 치매끼 있는 친정어머니, 세 아이들 아침 식사를 챙겨 각자 학교로 태워다 준다.

아이들을 등교시키고 한숨 돌릴 새 없이 외국인과 화상영어를 한다. 수업을 마치면 그녀의 유일한 취미생활인 헬스장으로 간다.

등짝이 흠뻑 젖도록 운동에 심취해 모두가 부러워할 만큼 날씬 몸매다. 때로는 그녀의 열정이 내 가슴까지 후끈 달아오른다. 그녀의 몸에서 삼손 같은 힘이 솟는지 역기도 번쩍 들고, 팔을 쭉쭉 내지르며 권투도 했다. 그뿐이랴 남자들도 올라가지 않는 발차기까지, 태권도실력도 선수 이상이다. 마지막 운동은 거꾸로 매달리는 기구에 발목을 조인다. 기계가 천천히 움직일 때마다 머리가 밑으로 쏠리고 그녀의 얼굴은 홍당무가 된다. 남자도 하기 힘든 운동으로 거침없이 몸을 흔든다. 옆에서 보는 내가 조마조마하여 그 자리를 피한 적도 있다.

그녀는 예전 같으면 몇 만 평의 땅을 가지고, 머슴을 여럿 둔 안방마님이었다. 세상이 바뀌어 추곡수매가 줄고, 가격이 폭락하니 요즈음에는 쌀 판매를 하느라 정신이 없다. 가녀린 어깨로 무거운 쌀 포대를 번쩍번쩍 들어 배달을 했다.

가끔 열심히 사는 그녀에게 맛있는 음식을 먹이고 싶으면 부른다. 네 발 달린 짐승을 못 먹는 그녀를 위해 생선찌개나 토속적인 음식으로 상차림을 했다. 기력이 떨어져 축 늘어진 그녀는 음식을 보자 얼굴에 화색이 돌았다. 밥 먹을 때 보면 세련된 이미지와 달리 볼이 터지도록 먹음직스럽게 먹는다. 그녀의 식성에서 내 쓴 입맛이 달콤하게 살아나기도 한다.

따발총 쏘듯 빠른 말에서 그녀의 급한 성격이 나타난다. 오후가 되면 그녀를 찾는 아이들 호출, 쌀 배달로 동에 번쩍 서에 번쩍 다녔다. 그녀는 정이 넘치는 마당발이어서 여기저기서 함께 점심 먹자는 선약도 줄을 이었다. 약속은 철저히 지키는 그녀, 어려운 사람들에게, 또는 문학행사 때 자신의 땀과 바꾼 쌀 포대를 선뜻 기부한다. 기부를 잘하는 그녀를 걱정스런 눈빛으로 바라보면 생긋 눈웃음으로 나를 안심시키곤 한다.

그녀의 활동 영역은 외국까지 뻗쳐있다. 외국인과 영어로 대화를 나눌 만큼 실력있는 그녀의 취미는 여행이었다. 농번기가 끝나면 방학에 맞추어 가족들과 외국여행을 다녀오곤 한다. 여행사를 거치지 않고 비행기 예약부터 숙소까지 저렴한 곳만 잘도 찾아다닌다. 그녀는 여행을 다녀오면 곳곳에서 겪었던 에피소드로 나에게 웃음을 주곤 한다.

자신의 삶을 알차게 가꾸고 병든 양부모를 편안하게 섬기는 그녀는 세상에서 보기 드문 일등며느리이자 딸이다. 거기에다 아이 셋, 농번기철에는 농사꾼의 아내 역할까지 시원하게 해내는 그녀는 정말 동에 번쩍 서에 번쩍하는 여자 홍길동이다.

"언니! 언니!···"

숨 가쁘게 나를 찾는 홍길동 여동생의 손에는 따끈따끈한 가래떡이 들려 있다.

"숨이나 쉬고 말하자."

(2017. 12.)

쌀을 파는 여자

철원에 난리가 났다.

수매가 줄어들고 쌀값은 폭락했다. 여기저기서 쌀 팔아 달라고 아우성들이다. 농민들의 한숨소리도 못 듣는지 TV에서 방영되는 건강 프로에서 쌀밥은 탄수화물이 많다고 한다. 그래서 비만과 성인병의 원인이라고 했다.

그것도 모자라 요즈음은 고기와 버터가 다이어트에 최고의 먹을거리라고 방송에 나갔다. 마트에 버터가 품귀현상이라고 또 부추긴다.

쌀 때문에 고통 받는 회원들 걱정거리를 조금이나마 덜어 주고 싶었다. 문학제 행사를 하면서 전국에서 오는 문인들에게 미리 연락을 했다. 그들도 철원오대쌀이 마트에 가면 제일 비싸고 맛이 좋다는 걸 알고 있다. 올해 철원 쌀이 수매가 줄어들어 농민들이 직접 판매에 나서고 있다고 한다.

문학제를 준비하면서 어떡하든 관광버스 타고 오는 문인들에게 밥맛 좋은 철원 쌀을 알리고 싶었다. 그리고 회원들 고충도 덜 수 있는 방법을 곰곰이 생각했다. 잡곡은 작년에 바닥난 경험이 있어 소포장하면 손쉽게 팔릴 것 같았으나 작년 행사 때보니 쌀이 문제였다. 무게 때문에 물어만 보고 주문이 별로 없었다. 나는 이 궁리 저 궁리를 하다 번뜩 떠오르는 게 있었다. 쌀은 버스 안에서 미리 주문을 받아 택배로 보내면 되지 않는가. 평소 친분이 있던 사무국장에게 염치불구하고 부탁을 했다.

쌀을 홍보하려면 문인들이 철원에 발 딛는 첫 인상도 중요할 것 같았다. 다행히 작년에는 숙소에서 연 작은 음악회가 감동적이었다. 그리고 주인이 내놓는 윤기 흐르는 오대쌀밥과 직접 가꾼 싱싱한 야채에 보쌈과 훈제까지 맘껏 먹었다는 말을 했다. 나는 여러 번 펜션을 찾아가 작년에 왔던 문인들이 감동받았다던 말을 주인에게 전했다. 주인도 흐뭇해하며 문인들이 밤에 캠프파이어 할 장작을 미리 쌓고 있었다. 내년에도 다시 펜션에 올 수 있도록 최선을 다하겠다고 약속을 했다.

행사 전날 문인들이 도착한 숙소를 찾았다. 사무국장은 나를 보자마자 쌀 이야기부터 꺼냈다. 내가 너무 부담을 준 것 같아 미안했다. 나는 저녁식사 하는 문인들을 챙기며 철원오대쌀이 밥맛은 최고라고 은근히 자랑했다. 그리고 인사말을 하면서 청정 지역에서 가꾼 농산물이 우리 건강에 최고의 보약이라는 말로 끝을 맺었다.

대마리에서 상허 선생의 제례가 끝날 무렵 나이가 지긋한 남자 문인이 명함과 함께 쌀 한 가마니가 넘는 명단을 내밀었다. 그리고 빳빳한 지폐로 쌀값까지 지불하였다. 뜻밖에 첫 주문에 신이 났다. 쌀 판매 때문에 그늘진 회원들 얼굴이 스쳤다.

회원들이 자판대에 마련한 농산물은 소포장한 참깨, 들기름, 흑미, 팥, 현미 등 다양했다. 또 현미가 건강에 좋다고 가래떡을 뽑아 잡곡 사는 사람들에게 서비스까지 했다. 참으로 기발한 발상이었다. 철원의 '모을동비'표 농산물이 얼마만큼 효과를 볼 것인가 내심 걱정이 앞섰다.

행사를 마치고 내 발길은 농산물 판매대로 향했다. 짧은 시간 안에 얼마나 팔 수 있을지 걱정이 태산 같았다. 자판대에 진열해 놓고 쑥스러워 더듬대는 회원들을 대신해 뒤에 걸어 놓은 플래카드를 손짓하며 나는 설명을 했다. 잡곡을 하나 둘씩 집어가는 사람들을 뒤로하고 관광버스 안으로 갔다. 떠나는 문인들에게 작별 인사를 하면서 나는 쌀 홍보대사가 된 듯 농사짓는 회원들 고충을 털어 놓았다.

내 마음이 통했는지 떠나는 버스 안에서 쌀 주문이 계속 들어왔다. 온 인원수에 비해 성공적이었다. 쌀을 택배로 받은 분들이 또 한 번의 감동을 받았다고 전화를 했다. 쌀 포대 속에 작은 소포장의 현미가 그들이 도회지에서 느끼지 못한 잔잔한 정까지 담아 보낸 것이다.

회원들에게 일회용 판매가 아닌 계속 이어질 수 있도록 고객관리에 힘쓰라고 당부를 했다. 내 말뜻을 눈치 챈 회원은 명절 때는 가래떡을 뽑아 소비자에게 선물한다고 말했다.

내년에는 소비자 한 사람이 열 사람으로 이어져 쌀 판매를 걱정하는 우리 회원들 근심이 몽땅 사라졌으면 하는 바람을 해본다.

'띵동' 문자가 떴다. 서울 사는 여동생에게서 쌀 두 포대 주문이 들어왔다. 이번 기회에 쌀장사로 나가 볼까…

(2016. 11.)

통닭과 바꾼 햄버거

"친구야, 통닭 두 마리가 많을 것 같아. 동생들도 부르자."

술을 좋아하는 친구는 통닭에 소주 먹을 생각으로 연신 입맛을 다셔댔다.

오래 전 일이다. 종교 행사에 참석하면 답례품으로 좋은 선물을 준다고 했다. 아는 사람의 간절한 부탁이기도 했지만, 통닭을 준다는 말에 친구까지 불렀다. 행사장을 꽉 채운 사람들을 보면서 은근히 걱정이 앞섰다. '이 많은 사람들에게 한꺼번에 통닭을 어떻게 튀겨줄까?' 교주 같은 사람의 얼토당토않은 이야기는 귀에 들어오지도 않았다. 오르지 입 안에 침을 고이게 만드는 통닭의 고소한 맛에 시간은 참으로 느릿느릿 갔다. 드디어 지루한 행사가 끝나자마자 교환권을 손에 쥐고 같이 간 친구를 황급히 불렀다.

그 당시 친구와 나는 사십대 후반 동갑내기였다. 친구는 땅을 몇만

평 가진 농부였고, 나 역시 시내가 먼 곳에 살았기에 패스트푸드 매장은 처음이었다. 설레는 마음으로 매장에 들어갔다. 북적일 줄 알았던 매장은 학생과 군인 몇 사람만 있을 뿐이었다. 행사에 참석한 사람들은 눈에 띄지 않는 것이 불길했는데 나중에 알고 보니 초대한 몇몇 사람만 매장 이용권을 주었다고 했다. 친구는 교환권을 직원에게 주고 자리에 앉았다.

우리는 통닭 두 마리 양이 너무 많을 것 같아 여기저기 전화를 했다. 모두 짠 듯이 바쁘고 배가 부르다고 사양을 한다. 친구에게 한 마리만 먹고 나머지는 집에 있는 부인 갖다 주라고 선심까지 썼다. 한숨 돌리고 주위를 돌아봤다. 젊은 사람들 입엔 햄버거만 물고 있었다. 통닭은 햄버거보다 가격이 비싸 주머니 사정이 가벼운 학생이나 군인들은 저렴한 것을 먹는다고 생각했다. 친구는 매장을 가득 메운 고소한 냄새에 입맛을 쩝쩝대며 소주부터 주문한다고 했다. 나는 안주가 나온 다음에 하자고 말렸다

드디어, 직원이 우리 앞에 쟁반을 내려놓았다. 푸짐할 줄 알았던 통닭이 종이에 싸여 있었다. 그리고 뚜껑 덮인 플라스틱 컵만 두 개 달랑 보였다. 친구와 나는 통닭을 먹기 좋게 조각 낸 것이라 생각했다. 먼저 종이를 펼친 나는 당황하고 말았다. 기대했던 통닭은 보이지 않고 두툼한 빵만 보였다. 친구는 잘못 가져 온 줄 알고 직원을 불렀다. 직원은 고개를 갸우뚱하며 계산대에 확인하고 돌아왔다.

"손님이 주문하신 치킨버거 맞는데요."

친구와 나는 빤히 얼굴을 바라보며 터져 나오는 웃음을 참을 수 없었다. 우리가 민망해 할까봐 직원은 무심한 표정으로 돌아갔다. 우리를 행사장에 데려간 사람이 분명히 치킨이라고 했는데…. 친구와 나는 빵만 바라볼 수밖에 없었다. 친구는 다른 사람들이 왔으면 쌈짓돈 다 털릴 뻔했다고 위안을 삼았다.

또 기가 막힌 일이 벌어졌다. 친구는 종업원을 불러

"여기, 소주 한 병 주세요!" 큰소리로 했는데 매장 안에 사람들이 일제히 쳐다보았고, 킥킥 웃는 소리가 들렸다. 패스트푸드점에서는 소주를 안 판다는 것을 처음 알게 되었다.

두 번이나 망신당한 친구는 빵을 한 입 덥석 물더니 내려놓았다. 처음 먹어 본 햄버거가 느끼하다며 꽉 닫힌 음료 뚜껑을 열려고 애를 썼다. "살짝 닫아도 되는데, 열기 힘드네…."

친구는 소주 생각이 나 그런지 짜증을 냈다. 그러다 옆 좌석을 힐끔 보니 컵 덮개에 빨대를 콕 찍어 먹는 학생이 보였다. 친구는 투덜댄 것이 민망해 얼굴이 붉게 물들었다. 공짜통닭을 먹겠다고 지루한 연설을 꾸벅꾸벅 졸면서 끝까지 들은 것이 약올랐다. 친구와 나는 빵 한 조각도 남기지 않고 꾸역꾸역 먹었다.

패스트푸드 매장 앞을 지날 때마다 그 친구가 떠오른다. 그 친구와 그 시절을 추억 삼아 치킨버거를 먹으며 순수했던 그때로 가보고 싶어진다.

(2018. 1.)

수영복

"3개월 할부예요."

어디서 그런 용기가 났는지 모르겠다. 며느리 손에 이끌려 수영복 매장에 온 사연이 있다.

작년 휴가 때 둘째아들 가족과 피서를 떠났다. 며느리가 예약해놓은 곳은 TV에서나 가끔 광고로 보았던 '오션월드'라는 곳이었다. 입구에서부터 모두 맨발에 수영복 차림이었다. 내가 수영복을 미처 준비 못한 걸 눈치 챈 며느리는 매장 안으로 안내를 했다.

처음 수영복을 구입한 것은 이십여 년 전 수영장이 있는 온천을 다닐 때였다. 그때 함께 간 이웃들은 날씬한 몸매에 어울리는 화려한 꽃무늬 수영복을 골랐다. 펑퍼짐한 몸매에 자신 없었던 나만 짙은 검정색에 짧은 치마가 달린 수영복으로 손이 갔다. 내 생각에 앞뒤로 삐져나온 살을 조금은 감출 수 있다고 믿었다.

나는 난생처음 수영복을 입고 거울을 보았다. 거울 속에 비친 내 모습은 영락없는 서커스단에서 통 굴리는 여자와 흡사했다. 나는 벌떡 누워 두 발을 번쩍 들고 통 굴리는 시늉을 했다. 갑작스런 내 행동에 함께 간 이웃들은 탈의실이 들썩이도록 웃었던 적이 있었다.

이번에는 예전처럼 자신 없는 몸매에 신경 쓰지 않고 맘에 쏙 드는 수영복을 입고 싶었다. 다양하게 갖추어진 매장 안은 색상도 곱고 살에 닿는 촉감도 야들야들했다. 색상이 맘에 들어 입어보면 곁에서 지켜보던 며느리 머리채가 흔들렸다. 벗고 입기 힘든 수영복을 여러 번 반복하다보니 매장 아가씨 눈치가 보였다. 그리고 옆에서 말없이 쳐다보던 아들은 연신 하품을 해댔다. 손녀들까지 지루한지 복잡한 매장 안을 돌며 숨바꼭질을 하고 있었다. 나는 마음이 점점 조급해졌다.

매장에 들어오는 날씬한 여자들은 미리 수영복을 맞추어 놓은 것 같았다. 맘에 드는 색상을 입어보고는 바로 계산대로 향했다. 나만 외톨이처럼 빙빙 돌며 수영복을 찾아내지 못했다. 며느리는 기다렸다는 듯이 나비가 날갯짓 하는 주홍색 꽃무늬로 골라왔다. 며느리가 찾아낸 수영복은 내가 가장 감추고 싶은 배 부분을 치마처럼 묶을 수 있었다. 내가 아무리 골라도 눈에 띄지 않던 수영복을 며느리는 나이와 몸매에 어울리게 찾아냈다. 입어보니 편안하고 불룩 나온 옆구리살과 뱃살도 어느 정도 감출 수 있었다.

그런데 가격을 보니 입이 딱 벌어져 가슴이 벌렁거렸다. 입어 본 수영복을 만지락거리다 슬그머니 놓고 매장 안을 돌며 가격표를 보았다. 저렴한 것도 있는데 내 눈에 차지 않았다.

며느리가 골라 놓은 수영복은 쌀이 세 포대가 넘는 액수였다. 간이 조마조마해 망설이고 있는데 내 또래 여자가 계산대로 성큼성큼 걸어갔다.

"3개월 할부!"

나도 덩달아 카드를 쑥 내밀며 할부라고 자신 있게 말했다. 목돈만 생각하고 망설였는데 나누어 낼 방법을 찾아내니 한결 마음이 가벼워졌다.

내 맘에 쏘옥 드는 수영복을 입고 아들 가족과 물놀이를 하며 즐거운 한때를 보냈다.

집에 와서 다시 입고 거울 앞에 섰다. 비죽비죽 나온 살들이 또 눈에 거슬린다. 내년을 생각해 이 살들과 전쟁을 해야겠다.

(2016. 8.)

성형 수술

"턱쪽만 깎아내면 미인일 것 같죠?"

마스크 위로 피식 웃는 의사의 눈웃음이 보인다. 엑스레이 사진 속엔 코 입 귀 바람이 통하는 곳마다 구멍이 뻥 뚫려 있다. 아니 도톰한 볼이 둘러싸인 살 속도 큰 쥐가 들락거릴 정도이다.

이빨 치료를 기다리며 뼈만 앙상한 해골 모습에 갖가지 상상을 해봤다. '네모난 턱을 깎아 볼까, 그러면 얼굴이 갸름할 텐데 아니면 눈 쌍꺼풀….' 나도 모르게 웃음이 나왔다.

사춘기 때부터 작은 눈 때문에 어머니에게 원망을 많이 했었다. 어머니는 나와 달리 서양 사람처럼 눈 두둑이 살짝 들어간 것도 부족해 쌍꺼풀까지 있었다. 또 속눈썹이 길어 눈을 깜빡이면 솔잎이 바람에 나부끼듯 보였다. 흰 피부에 쌍꺼풀이 덧보이니 낮은 콧날은 눈에 가려 코가 못생겼다고 우리가 놀리면 어머니는 외할아버지 탓을 했었다.

동생과 나도 못생긴 외모는 부모 탓을 했다. 아버지를 닮아 피부는 검지만 다행히 동생은 눈도 크고 속눈썹이 길었다. 그런데 나는 하필 아버지 단점만 닮아 눈도 작고 피부는 동생보다 더 검었다. 키라도 컸으면 좋으련만 그것은 어머니 작은 키를 닮았다. 동생과 함께 있으면 친자매냐고 묻는 따가운 시선에 고개를 돌려버린다. 이를 지켜본 동생은 톡 나서며 구구절절 설명하는 말투가 얄미울 때가 많았다. 부모님 생전에 불만을 토해내면

"딸은 아버지를 닮아야 잘 산다."

아버지는 자신을 닮은 딸의 투정에 싱글벙글했다.

눈에 한이 맺혀 궁리하던 중 테이프를 붙이면 쌍꺼풀이 진다고 친구가 알려 주었다. 일단 집에 있는 테이프로 시험을 해보았다. 눈에 맞추어 약간 원형으로 그려야 하는데 손재주 없으니 테이프를 짝짝이로 오렸다. 거울에 비춰가며 눈을 내려깔고 붙여봤다. 이게 어찌 된 일인가, 단추 구멍만한 눈이 반달이 되었다. 눈이 커지면 더 많은 것이 보일 줄 알았다. 그런데 양파가 들어 간 것처럼 눈물이 줄줄 흐르는 게 아닌가. 또 깜빡이면 속눈썹이 송곳처럼 눈을 콕콕 찔렀다. 황소 눈이 되는 길은 멀고도 험난하기만 했다.

쌍꺼풀을 저렴하고 예쁘게 해주는 곳이 있다는 소문을 들었다. 이번에는 성형으로 반달보다 더 큰 보름달을 만들고 싶었다. 그리고 화장대에 잠자고 있는 색조 화장품을 하나씩 꺼내 놓았다. 수술만

하고나면 아이라인으로 쌍꺼풀진 눈을 뚜렷하게 그리면 더욱 생기가 넘칠 것 같은 상상도 해보았다. 또 눈 주변을 내가 좋아하는 보라색으로 할까, 아니면 화사한 핑크나 갈색….

어린아이 마냥 꿈에 부풀어 병원을 찾았다.

"선생님! 쌍꺼풀 하고 싶어요."

중년의 의사가 요지 두 개로 쌍꺼풀을 만들어 놓더니 내 얼굴을 컴퓨터 화면에 올렸다. 그런데 화면에 비친 내 모습에 깜짝 놀라고 말았다. 호박 같은 얼굴에 요지가 대롱대롱 매달린 모습이 예쁘기는커녕 무서웠다. 의사는 눈에서 요지를 올렸다 내렸다를 반복하더니 "쌍꺼풀 수술을 하면 사나워 보입니다."

의사의 청천벽력 같은 말에 심한 충격을 받았다. 함께 간 언니는 양심적인 의사라고 입에 침이 마르도록 칭찬을 해댔다. 나는 돈 벌기 싫은 의사라고 투덜대며 병원 문턱을 나섰다. 잔뜩 꿈에 부풀었던 쌍꺼풀 수술, 그 뒤로 영영 포기하고 말았다.

내 눈은 성형의사로부터 쌍꺼풀수술을 거부당한 눈이다. 그래도 작은 눈으로 길거리에 떨어진 동전도 간혹 줍고, 주변에서 일어나는 글감도 잘 찾아낸다. 또 아버지를 닮아 잘 살고 있다는 걸로 위안을 삼는다.

이번에는 네모난 턱을 깎아 볼까… 눈에 비친 해골이 자꾸만 나를 유혹한다. (2017. 4.)

서비스 정신

"어르신 잠깐만 제 뒤에 계세요."

좌석이 만원이라 서서 가는 사람도 많은데 기사는 어쩌려고 그러는지, 운전석을 내줄 것도 아니고 아마도 군인들에게 자리를 양보하라고 할 것 같았다. 손님을 다 태운 기사는 운전석을 빠져 나왔다. 그리고 짐칸에서 신문을 꺼내더니 발판에 깔았다. 장갑 낀 손으로 깔아 놓은 신문을 쓱쓱 문지르고 할아버지를 앉혔다.

장거리를 운전하면서 귀찮을 법도 한데 기사는 오히려 할아버지를 걱정하고 있었다. 버스를 타고 다니면서 가끔 친절한 기사는 보았지만 오늘 같은 일은 처음이었다. 그 뿐인가, 할아버지에게 가는 곳을 물었다. 병원에 약 타러 간다는 할아버지에게 빙판 길을 조심하라며 당부의 말까지 했다. 그리고 손님들에게 공손한 말투로 안전벨트를 착용해 달라는 말에 여기저기서 딸그락 소리가 들렸다. 안전을 생각하는 따뜻한 마음이 차를 타고 있는 사람들에게 고스란히 전해지고 있었다.

얼마 전 버스를 타면서 황당했던 기사와는 하늘과 땅 차이의 서비스였다. 유난히 추운 날 버스를 타려고 줄을 서서 기다리고 있었다. 내가 기다리는 차가 붕붕대며 승강장 앞으로 왔다. 그리고 문이 스르르 열렸다. 나는 한참을 벌벌 떨다가 문이 열리는 버스에 냉큼 올라탔다. 갑자기 기사가 버럭 화를 냈다. 영문을 몰라 내 뒤를 따라 타던 사람들도 멈칫하고 뒤를 돌아봤다. 허락도 없이 버스에 탔다고 얼굴에 핏대를 올리고 있었다. 기가 딱 막혔다. 문을 열어 놓지 말든지, 아니면 줄 서 있는 사람들에게 미리 알리든지 도무지 이해할 수 없었다. 뒤에 올라오는 사람들과 몇 마디 옥신각신하더니 버스가 떠날 때까지 투덜댔다.

참고 있자니 속이 부글부글 끓었다. 장거리를 운전하는 기사와 다투면 손님들에게 피해가 갈 것 같았다. 그런데 아니나 다를까 처음에 했던 행동은 시작에 불과했다. 기사는 손님이 내리고 오를 때마다 눈에 거슬리는 일이 있으면 짜증부터 냈다. 그런데 할아버지 한 분이 불편한 몸으로 올라오는 손잡이를 잡고 천천히 버스에 오르고 있었다. 기사는 빨리 좌석에 가서 앉으라고 재촉하면서

"오늘 같은 날씨에 집에나 있지…."

자신의 부모에게 평소에 하는 말처럼 들렸다. 그 뿐인가 버스 문이 열릴 때 행선지를 묻는 사람들에게도 퉁명스럽게 대답을 했다. 회사

에서 서비스업에 종사하는 사람들에게 친절 교육을 시킬 텐데… 그 기사는 서비스와는 거리가 멀었다. 물론 장거리 운전에 피곤하고 신경이 곤두서겠지만 손님들 앞에서 할 행동은 아니었다.

버스를 타고 가는 두 시간 내내 기사의 행동을 조금이나마 이해하려고 생각을 해봤다. 혹시나 집에서 부인하고 다투고 왔는지, 아니면 빚 독촉에 시달려 밤새 고민한 사람처럼 보였다. 그래도 일단 손님을 태우면 말 한마디라도 공손해야 하는 것이 서비스 정신이다.

저번에 속상했던 기사와 비교하면서 종착역에 도착을 했다. 기사님에게 진심을 담아 감사하다는 인사를 하고 내렸다. 오늘은 쾌청한 날씨만큼 친절한 기사님 덕분에 즐거운 여행이 될 것이다.

(2019. 4.)

주머니 털기

"죽기 전에 인심이나 쓰려고 통장에서 백만 원을 찾았소."

환자들로 북적거리는 병원 대기실이다. 처음 본 할머니가 마치 이웃사람에게 이야기하듯 환하게 웃으며 나에게 말을 건넸다. 나는 할머니 사연이 점점 궁금해 바짝 다가앉았다. 휠체어에 탄 할아버지는 수다 떠는 할머니가 못마땅한 듯 힐긋힐긋 뒤를 돌아보곤 했다.

할머니는 자식들이 주는 용돈과 밭둑에 심은 잡곡과 푸성귀를 팔아 모은 돈이 통장에 쌓이는 재미로 살았다. 그런데 팔순을 넘기고 나니 손등에 잔주름이 가득하도록 일궈놓은 살림이 허무하고, 요즘 들어 할아버지가 병원에 자주 들락거리게 되자 살림을 하나씩 정리해야겠다는 생각이 들었단다.

할머니는 지금 뼈마디마디가 안 쑤시는 곳이 없단다. 내가 보기에도 할아버지보다 할머니가 더 허리가 바짝 굽고 걸음걸이도 시원치 않았다. 그런데도 자신보다 할아버지를 입원이라도 시키고 싶다며 휠체어를 밀고 진료를 기다리고 있는 중이었다.

할머니 목소리는 힘이 넘치도록 카랑카랑 했다. 처음엔 대기실 사람들이 나와 할머니의 대화를 외면하는 척 했는데 할머니의 진지한 이야기에 차츰 호기심 어린 눈빛으로 귀를 바짝 기울이고 있었다.

할머니는 올 명절에 큰맘 먹고 통장에서 백만 원을 찾았다. 명절 쇠러 오는 손자 손녀와, 학원 다니느라 못 오는 아이들까지 세뱃돈 명목으로 다 썼는데 예전에는 단 돈 천원도 벌벌 떨었단다. 명절 때 만날 자식들을 손꼽아 기다리다가 불현듯 스치는 생각이 있었는데 이제는 살 날이 얼마 남지 않았다. 통장에 많은 돈을 남기면 죽은 후, 자손들이 서로 다툴지 모르니 인심이나 푹 써야겠다는 생각이 들었단다.

대기실 사람들이 고개를 끄덕였다. 할머니 말씀이 채 끝나지 않았는데 진료실에서 할아버지 이름을 불렀다. 나는 할머니의 굽은 허리가 안타까워 휠체어를 진료실까지 끌어다 드렸다.

잠시나마 할머니와 나눈 이야기들이 구구절절 옳다는 생각이 들었다. 지금 노부부에게 필요한 건 돈보다 건강이 더 소중해 보였다. 구순이 되도록 해로하면서 일구어 놓은 것들이 어디 논과 밭뿐이겠는가. 할머니의 바짝 굽은 허리가 땅에 닿도록 여러 자녀들을 키워냈을 것이다. 손끝으로 이룬 하나하나가 아까울 법한데 얼마 남지 않은 삶을 차근차근 정리하는 듯 보였다.

나도 예전에는 넉넉지 못한 살림에 천원 한 장도 저울에 달듯이 살았다. 그때는 내가 갖고 싶고 먹고 싶은 것보다, 자식들이 원하는 걸 채워주고 나면 가슴이 더 뿌듯했다. 지금은 비록 넉넉하지 않지만, 내 자신을 위한 투자에 주머니를 연다. 계절에 따라 옷 구경을 자주 다니면서 맘에 들면 아낌없이 사서 입는다. 또 여행하고 싶으면 인터넷으로 가 볼만한 곳을 찾아 가기도 한다. 또 요즈음엔 새로운 즐거움에 빠져 있는데 늦깎이 고등학생이 되면서 어려서 감히 만져 보지 못했던 학용품을 이것저것 사는 재미를 만끽하고 있다.

　병원에서 잠시 만났던 할머니가 주머니 여는 것을 나도 오래 전부터 하고 있다. 명절 때 며느리와 손녀들을 앞세우고 옷 매장을 찾는다. 맘에 드는 옷을 고르는 며느리들 입가에 번지는 미소가 내 가슴에 은은한 향기처럼 파고드는 걸 즐기고 있다. 가끔 오는 손녀들에게 학년에 따라 용돈으로 선심을 쓰기도 한다. 고등학생은 삼 만원, 중학생은 이만 원, 초등학생은 만원으로 나름대로 규칙을 정해 놓았다. 우리 손녀들이 할머니의 넉넉한 주머니가 기억 속에 오래오래 새겨지도록　깜짝 선물로 대학 등록금을 준비하는 중이다.

　나이를 먹으면 주머니를 풀어 놓고 살아야 한다고 했다. 나도 이번 명절 때 세뱃돈으로 며느리와 손녀들에게 지갑을 탈탈 털렸다. 털린 지갑 속에 자식들이 누런 낙엽과 파란 배추 잎으로 다시 채워주었다.

　털고 나면 채워지는 주머니 털기를 이제는 먼 아프리카 어린이들에게 소박한 꿈을 작게나마 채워 주고 있다.

아직은 강을 건너고 싶지는 않다

"아버지 이제 일어나세요. 이것 좀 드셔보셔요."

건너편 침대에서 젊은 남자의 소리가 들렸다. 아무 기척이 없자 남자는 늘 그랬던 것처럼 아버지를 병실에 홀로 남겨두고 잠깐 나갔다가 돌아왔다. 그리고 다시 잠든 아버지를 흔들고 깨워 봤지만 미동도 없자 다급한 목소리로 간호사를 불렀다, 허겁지겁 달려온 간호사가 환자의 뺨을 때려가며 정신 차려 보라고 소리쳤지만 환자는 이미 이승을 떠난 후였다. 담당의사가 오고, 병원 사람들이 오가더니 마침내 하얀 시트가 덮이고 황급히 병실을 빠져 나갔다. 아들은 흰 천 밖으로 나온 아버지의 야윈 발목을 잡고 '아버지, 아버지'를 목 놓아 부르며 따라갔다.

두어 달 전, 수술을 받고 한 달에 두 번 씩 항암치료를 받으러 병원을 이웃집인 양 오갔다. 동병상련이런가 여러 차례 오가다 보니 비슷한 처지의 사람들을 만나면 서로가 침묵의 눈인사를 나누는 것으로 안부를 묻곤 했다. 여자는 안쪽이고 남자는 들어오는 입구 쪽에 침대가 있었다. 한 남자가 링거를 꽂은 채 간호사와 몇 마디 이야기를 주고받는 소리가 들렸다. 나란히 누워 있는 옆 사람과도 도란도란 대화를 나누었다.

주사를 꽂은 채 설핏 잠이 들었다 싶었는데 갑자기 옆에서 떠들썩한 소리가 들려 눈을 떴다. 병원관계자와 환자, 그리고 환자를 지키고 있던 보호자들이 술렁거렸다. 멀쩡히 걸어와 죽어나가는 황당한 일이 벌어진 것이었다. 놀라 멍하니 실려 나가는 침대를 바라보고 있는데, 내 옆에 있던 할머니가 아무렇지도 않은 듯 돌멩이 던지듯 한마디를 툭 내뱉었다.

"잠자다 죽는 것이 제일루 큰 복이여, 암, 복이고 말구…."

할머니를 지키고 있던 딸이 민망한 듯 할머니 옆구리를 쿡쿡 찔렀다. 딸의 손을 뿌리친 할머니가 이번엔 모두 들으라는 듯 더 큰 소리로 말했다.

"사람의 오복 중에 죽는 복이 들어 있당께. 참말로… 안 그라요?"

할머니는 호응장단을 불러가며 반전의 냄새를 풍겼지만 모두가 죽음의 알약을 먹은 듯 무거운 침묵만이 흘렀다. 잠시 후, 숨 막히는 칙칙한 어둠을 걷어내듯 한 여자가 입을 열었다. 주사실에 올 때마다 몇 번인가 마주쳤던 여자였다. "산다는 게 별게 아니네요. 잠시 숨 한 번 못 쉬면 떠나는 게 인생이니…. 참 허망하네요."

그녀는 항암치료가 이번이 마지막이라며 시원섭섭하다고 했다. 핏기 없는 얼굴 위로 꽃무늬 두건을 쓰고 있었다. 항암치료를 받고부터 그 많던 머리숱이 뭉텅뭉텅 빠졌다며 묘한 웃음을 입가에 흘리던 그녀가 어느 날엔가는 아예 머리를 삭발을 해 버렸다고 모자를 벗어 내게 보여주었다. 그리고 안방 화장대 거울을 치웠다고도 했다. 병실에서 마주 칠 때마다 자조적인 서글픔이 밴 목소리로 내 곱슬머리를 부러워했다.

엇갈린 주장인 듯 하지만 두 사람의 말에 일리가 있는 것 같았다. 입 안 가득 뾰족한 돌멩이가 가득 끼어 있는 것 같았지만 나는 차마 뱉어내지도 못하고 두근거리는 가슴만 진정시키고 있었다.

가까이에서 죽음을 본 건 처음이었다. 암 병동에 입원해 있을 때, 가끔 영안실에 내려가는 사람들이 생길까봐 나 혼자 가슴을 태우곤 했다. 병실에서 통곡하는 소리와 칠성판 같은 철 침대가 '드르륵, 드르륵' 흔들리는 소리라도 들릴라치면 병실 문을 꼭 닫고는 두 귀를 막곤 했다. 마치 망자가 귀신이 되어 나를 잡아 갈 것 같은 공포에 시달렸다.

누군가 말하기를 삶과 죽음은 백지 한 장 차이라고 했다. 죽음은 누구나 가야 할 길인데도 죽음을 보는 것만으로도 괜스레 무섭고 두려워진다. 할머니의 말씀처럼 잠자듯 죽는 게 복이라지만 아직도 내게는 삶에 대한 미련이 많은 듯하다. 그렇지만 낳고 죽는 일을 어찌 내 맘대로 할 수 있으랴. 삶이 다르듯 죽음의 방식도 사람마다 다르다. 기왕 떠나야 하는 거라면 사랑하는 가족들과 예쁜 손녀들이 잡아주는 손을 꼭 잡고 조용히 떠나고 싶다. '개똥밭에 굴러도 이승이 좋다.' 하는데 오늘따라 내 눈에 비친 하늘은 눈이 부시도록 깨끗하고 청명하다.

(2017. 9.)

약속

"우리 아기들 시집가도록 살아야 혼수품으로 냉장고라도 사주는
데…."

양 옆에 팔베개하고 있는 일곱 살배기와 다섯 살 손녀가 "할머니
죽는 거야?" 하면서 나를 바짝 껴안으며 훌쩍인다.

"할머니가 돌아가시면 우리들 가슴속에 있는 거지요?"

어디서 그 말을 들었는지 큰손녀는 확인이라도 하듯 묻는다. 덩달
아 할머니 죽지 말라며 작은손녀가 내 품을 파고든다.

죽으면 다시 볼 수 없다는 것을 아는 손녀들, 훌쩍이는 모습에 나
도 덩달아 눈 끝이 매웠다. 시계 불빛 사이로 반짝이는 물기가 보였
는지 작은손녀는 고사리손으로 내 눈가를 훔친다.

"할머니도 우는 거여요?"

목이 메어 말을 못하고 고개만 흔들었다. 철없는 손녀들과 잠자리

에서 울컥울컥 서러움이 치민다. 건강에 자신이 없기 때문이다.

딸의 통곡소리는 저승까지 간다고 했다. 딸이 없는 나는 손녀들이 외롭지 않게 작별인사를 해줄 것만 같다. 천진난만한 손녀들 눈에서 흐르는 이슬이 점점 저려오는 팔을 적시고 있었다. 양품에 꼭 안고 코맹맹이 소리로 오래도록 곁에 있겠다고 손가락을 걸며 약속했다. 금세 해맑게 웃는 손녀들은 장난을 치며 내 젖가슴으로 손이 갔다.

손녀들이 젖가슴을 더듬으면 어릴 적 생각이 났다. 허리가 바짝 굽은 할머니의 풀기 없는 젖가슴을 나는 더듬었다. 엄마 가슴보다 따뜻하고 포근했던 느낌이 우리 손녀들 손길로 이어지고 있었다. 수술자국이 혹시나 아플까봐 살살 만지는 고운 손길이 가슴을 뜨겁게 달군다.

핏덩이 때부터 돌까지 키웠던 다섯 살배기 손녀는 자신이 할머니 딸이라고 말한다. 나는 딸 부잣집을 부러워했었다. 이제는 우리 아기들 재롱에 또 다른 재미에 푹 빠져있다. 빨간 지갑에 용돈을 담아 온 큰손녀는 파란 지폐 한 장을 꺼내주며 할머니 용돈이란다. 작은손녀는 용돈 모아 할머니 핑크 구두 사준다고 지갑을 열어 보인다. 앙증맞은 한 마디에 어찌 할 바를 몰라 뽀송뽀송한 손녀들 볼을 번갈아 가며 뽀뽀를 한다.

만날 때마다 오이처럼 쑥쑥 자라는 손녀의 야무진 입에서 풍선껌처럼 호호 불어대는 말에 감탄을 금치 못한다. 눈에 넣어도 아프지 않는 우리 아기들을 위해 내가 무엇이든 해주고 싶다. 앞날을 내다볼 수 없는 내 삶이 손녀들을 볼 때마다 욕심이 조금씩 더 생긴다.

내가 떠난 후 손녀들 가슴속에 할머니를 오래도록 기억할 수 있는 선물이 있다. 내 글 속에 손녀들과 아기자기 나누었던 이야기와 커가는 모습을 담았다. 그리고 손녀의 자연스런 포즈를 핸드폰으로 찍어 앨범도 만들었다. 가끔 보고 싶을 때 영상을 틀어 놓고 혼자서 낄낄거린다. 우울하고 힘들 때 청량제 역할을 해주는 우리 아기들, 열흘 만에 어미 품으로 보낸다.

"보고 싶어도 울지 마. 할머니, 아프면 안 돼?"

목을 꼭 껴안고 눈물을 글썽거린다.

푹푹 찌는 삼복더위에 손녀들과 약속을 지키려고 헬스장으로 향한다.

(2017. 7.)

05

금고 속
재산

절대 사달라는 건 아니다

요즈음 나는 애마와 사랑에 빠졌다. 앉기만 하면 나를 천천히 드러눕힌다. 누워만 있어도 나의 손녀들 부드러운 손길처럼 온 몸을 조물조물 주무른다. '이왕이면 쥐가 잘 나는 다리도 해줬으면' 알아듣기라도 한 듯 이번엔 아들 닮은 억센 손이 꾹꾹 누른다. 또 감미로운 노래까지 감상하며 스르르 꿈길 여행을 떠난다.

나의 애마를 큰아들에게 절대 사달라고 하지 않았는데, 생일 선물이란다. 거실에는 등만 해 주는 안마기가 있었다. 눈만 뜨면 안마기가 내 편안한 의자였다. 안마 받을 때마다 종아리까지 해주는 기계였으면 하는 아쉬움이 있었다. 그런데 갑자기 안마기가 고장이 났다. 수리를 하려고 문의전화를 해보니 새로 사는 게 더 나았다. 큰맘 먹고 전자제품 파는 매장에 가봤다.

나란히 두 대의 안마기가 있었다. 매장 직원이 설명하는 디자인

보다 가격에만 신경이 쓰였다. 저렴한 것도 한 달 생활비보다 비싸 입이 딱 벌어졌다. 가격이 더 높은 것엔 감히 손을 댈 수 없었다. 매장 직원은 안마를 받으라고 자꾸 권유를 했다. 못 이기는 척 앉아 보니 집에 있는 안마기와는 하늘과 땅 차이였다. '흐미, 흐미 시원해 라.' 직원이 들을까봐 속으로 감탄만 하고 나왔다.

고장 난 안마기를 버리고 마침 쇼핑몰에서 선전하는 기십만 원대 로 샀다. 그런데 매장에서 받았던 나긋나긋한 손길이 머릿속에서 영 떠나질 않았다.

어느 날 동두천 사는 작은아들 집에 갔다. 매장에서 보았던 안마기 가 거실에 있었다. 가자마자 염치불구하고 앉았다. 아들이 리모컨을 누르자 온몸이 붕 뜨더니 나를 편안히 침대에 눕히듯 편안했다. 매장 에서 눈치 보여 못했던 안마까지 속속들이 해봤다. 온몸은 물론 양팔 까지 조였다 펴주기를 반복하더니, 체중을 받쳐주는 발바닥을 톡톡 때려 주는 시원한 맛이 동치미 한 그릇을 다 들이켜는 기분이었다. 그 뒤로도 작은아들 집에만 가면 안마기는 내 차지였고, 집에 올 때 까지 앉아 있었다. 그렇다고 절대 사달라는 것은 아니었다.

큰아들이 생일 선물을 보낸다며 방 한 쪽을 치워놓으라고 전화를 했다. 놓을 장소까지 정하라는 말에 선물이 크다는 걸 직감으로 눈치 챘다. 그래도 너무 궁금해 몇 번을 물어도 비밀이란다. 집 안에 있는 가구들도 때로는 귀찮아 버리고 싶을 때가 많았다. 또 궁금증을 참다 못해 "엄마는 큰 물건은 절대 싫다. 있는 가구들도 버리고 싶다." 면서 타박까지 하고는 전화를 끊었다.

"글쎄 기다려 보세요."

그래도 자식의 말을 믿고 방 한 쪽을 치웠다. 무슨 물건인지 상상을 해봤다. 노래를 좋아하니까 노래방 기계를 보냈을까, 아니면 막내 아들 사무실에서 가져 온 헌 소파가 맘에 걸린 걸까, 아무리 생각해도 짐작을 못하겠다. 예전에도 자식들은 명절 때 왔다가 컴퓨터 책상이 좁다며 나 몰래 포천 가구공장까지 가서는 언제 치수까지 쟀는지 방 사이즈에 딱 맞는 두 사람이 못들 정도로 튼튼한 책상을 들여놓았다. 한 가지를 선물해도 꼭 필요한 것만 사다주는 자식들인데 이번엔 도무지 감을 잡을 수 없었다.

주문한 물건이 배송된다는 문자가 떴다. 기다리고 있던 차에 얼른 전화를 했다. 어찌 내 맘을 알았을까. 내가 매장에서 침만 꿀꺽 삼키고 나왔던 안마기였다. 작은아들 집에 있는 건 리모컨으로 조정하는 것이었다. 큰아들 내외가 보낸 안마기는 액정화면이 고정돼 있어서 더 편리했다. 고가의 선물을 보낸 아들에게 전화를 하면서 "절대 사 달라고 안 했는데…." 오래 전부터 큰아들은 집에 있는 안마기가 늘 마음에 걸렸단다. 그리고 동생 집에 가면 안마기를 차지하고 집에 갈 때까지 내려오지 않는 내 이야기도 들었던 것 같았다.

거실에 주인처럼 떡 버티고 있는 안마기에 앉아서 웃는 인증 샷을 찍어 보내라고 아들은 말했다. 사진만 보고도 흐뭇해하는 큰아들과 달리 비싼 가격에 내 심장이 벌렁거렸다.

혹시나 그동안 키우고 공부시킨 투자금을 돌려받는 건 아닌지, 나도 모르게 콧노래가 나왔다.

'절대 사달라고 한 적 없다.'

(2018. 2.)

2016년도 마지막 선물

개인 수필집을 보내 달라는 문자인 줄 알았다.

'그게 아니라고요?'

또 문자로 설명을 했다. 내가 등단한 한국수필가협회에서 보내는 원고 청탁인 줄 알았다. '우수도서로 선정됐다는 글인데…' 그분은 답답한지 반복해 글을 올렸다. 전화를 하려니 평소에 문자로만 연락했던 분이라 망설였다. 메시지를 반복해 읽으며 무슨 뜻인지 곰곰이 생각하고 있는데 전화벨이 울렸다.

"언니 축하해."

출판사 사장의 들뜬 목소리가 들렸다. 작년에 첫 수필집을 내면서 인연이 된 사람이다. 그 뒤로 출판을 앞두고 사무실에 직접 찾아가 대화를 나누면서 고향 까마귀라는 사실을 알았다. 그는 내 출판기념 행사에 참석하고 난 뒤부터는 나를 언니로 깍듯이 대했다. 그리고 가끔 전화로 서로의 안부를 주고받는 돈독한 사이가 되었다.

그가 전하는 말에 어리둥절하자 나에게 상세하게 설명을 해주었다. 전화를 끊고 뒤통수 맞은 것처럼 멍하니 앉아 있었다. 아무래도 미심쩍어 메일로 명단을 보내달라고 했다.

그녀가 보내 온 명단에 내 이름과 ≪박하꽃 향기≫가 눈에 번쩍 띄었다. 혹시나 내가 잘못 보았나 싶어 올라온 많은 이름들을 손으로 일일이 짚어가며 확인을 했다. 그제서야 믿을 수 있었다. 명단에는 눈에 익은 시인들 이름이 있었다. 또 낯선 이름 옆에 간단한 프로필이 거의가 교수 아니면 국문학을 전공한 분들이 심사를 했다. 심사해서 당선된 책들은 전국 도서관이나 사회복지시설에 비치된다는 글귀도 있었다.

첫 출판을 하면서 남보다 글의 감각이 부족해 부끄러울 때가 많았다. 그런 내 작품이 뽑히다니 더욱 믿을 수 없어 출판사 사장에게 재차 물어봤다.

"언니 글은 남들처럼 화려하지는 않지만, 진실이 담겨있어 읽다보면 따뜻한 감동으로 눈시울을 적시게 해."

그러면서 뽑힐만한 자격이 있다며 도리어 나한테 돈 벌게 해주어 고맙단다.

그의 말에 힘들게 글을 썼던 시간들이 떠올랐다. 가슴 밑바닥부터 울컥울컥 뜨거움이 밀려왔다. 또 귀에 못이 박히도록 들었던 선생님 말씀이 떠올랐다. "글은 진실해야 독자들에게 감동을 줍니다."제일 먼저 나를 이 자리에 설 수 있게 한 선생님께 알리고 싶었다. 전화를 하면 가슴이 벅차 눈물이 터질 것만 같아 문자로 보냈다. 그리고 나의 가족들에게 소식을 알리면서 목이 메었다. 자식들은 기뻐하며 인세비에 들떠 있었다. 두 번째 책은 서로 내주겠다며 언제 낼 거냐고 자식들은 묻는다. 내 글값이 올라가 앞으로 출판비 걱정은 안 해도 될 것 같다.

처음 기쁜 소식을 알려 주신 분께 감사 글을 올렸다. 그가 답으로 보내 온 긴 작문 속에 항암치료 받고 있는 나에게 하느님께서 보내주신 크리스마스 선물이라고 했다. 그가 보낸 메시지에 코끝이 매워왔다. 다시 출판사 사장에게 전화를 했다.

"자네는 어려운 작가들에게 마음을 베풀어 성탄절 선물을 받은 거라네."

그는 치료받는 나에게 명약이 될 거라며 도리어 위로를 했다.

2016년 12월은 내 생의 최고의 달로 오래도록 기억될 것이다.

(2017. 1.)

공부하기 딱 좋은 나이

〈내 나이가 어때서〉 와 〈천년지기〉 노래에 쑥스러워 나는 몸을 움츠렸다.

고등학교 입학하고 처음 맞이하는 축제였다. 설렘으로 가득한 학우들은 모두 걱정스런 눈빛이었다. 다른 반에 비해 우리 반은 갓 시집 온 색시처럼 조용하고 얌전한 학우들이 많았다. 축제 때는 끼가 넘치는 학우들이 반을 이끌어 가는데, 선생님의 간곡한 부탁에도 우리들은 입가에 미소만 흘릴 뿐 선뜻 나서는 사람이 없었다. 나이 지긋한 언니가 보다 못해 그동안 배웠던 사교춤이라도 춘다며 어린 학우를 잡고 빙글빙글 돌았다.

축제 때는 개인기보다 반의 단결된 모습을 보여야 작은 상이라도 탈 듯 싶은데 노래조차 선곡 못하고 우왕좌왕 했다. 젊은 학우들은 발라드 곡을 부르자고 하는데 나이가 회갑이 지난 학우들은 트로트가 귀에 익숙하다. 축제곡으로는 템포가 빠르고 우리들 처지를 대변해 주는 노래를 불러야 점수가 많을 듯 했다.

머릿속에 스치는 노래가 있었다. 중학교 체육대회 때 응원가로 불렀던 노래였다. 가사는 제대로 몰라도 흥얼흥얼 따라 부를 수 있었다. 두 번째 곡은 친구를 생각하며 부르는 노래였다. 늦은 나이에 공부하는 우리들과 접목시키면 반응이 좋을 듯했다. 그런데 앞에 나가서 안무할 사람이 나서지 않았다. 그래도 춤을 배웠던 언니와 동갑내기가 억지로 끌려 나가 안무를 했다.

참 쑥스러웠다. 체육관이나 교실 뒤에서 몇 번 연습을 하면서 얼굴이 서로 마주치면 웃음부터 나왔다. 몇 안 되는 남자 학우들은 여자 틈에서 몸을 빼려고 했다. 나는 다가가 손을 잡고 원 안으로 끌고 와 흔들었다. 음치에 몸치인 나는 학우들의 기를 북돋우기 위해서 창피해도 반을 위해서 용기를 냈다. 그리고 다른 팀보다 특이한 포인트가 있어야 상이라도 탈 것 같다는 생각이 스쳤다. 마지막 가사에 '사랑하기 딱 좋은 나이'가 아니라 '공부'로 가사를 바꾸어 불렀다. 두 번째 노래는 〈친구야〉를 부르며 양손을 모두 잡고 번쩍 올렸다.

막이 오르고 우리 반은 일곱 번째 순위였다. 흰색 티에 검정 바지로 통일된 의상이었다. 우리 차례가 되자 트로트는 한 번도 불러본 적 없는 담임이 마이크를 잡고 학우들을 위해 열창을 했다. 우리는 음정 박자가 틀려도 담임을 따라 목이 터지도록 불렀다. 박자가 틀리면 어떻고, 춤이 막춤이면 어떠리, 우리가 학교 축제 주인공인데. 행사에 참가하는 것만으로도 꿈만 같았다.

축제가 처음이 아닌 선배들은 반짝이 의상부터 사물놀이 장구까지 준비를 많이 해왔다. 10팀 넘는 공연이 마치도록 신나는 놀이마당에 취해 맘껏 웃고 즐겼다.

어느새 시상식 시간이 다가왔다. 순위를 부를 때마다 나는 맘속으로 은근히 인기상이라도 탔으면 하는 바람을 했다. 장려상 시상에 이어 인기상을 불렀다. 우리 반은 모두 일어나 환호성을 질렀다. 환호를 외치는 학우들과 잇속이 훤하도록 웃는 담임과 서로의 바람이 이루어지는 환희의 순간이었다.

열창을 하셨던 담임과 앞에 나가 안무했던 두 학우의 공이 컸다. 아참! 맛있는 점심을 준비해온 학우들과 맛나게 먹어 준 반 친구들의 단합된 힘도 빼놓을 수 없다. 총무가 준비해온 쫀득쫀득한 찰밥 먹은 힘으로 인기상을 탄 것 같다.

다음 축제 때는 막춤이라도 배워서 학우들과 신나게 흔들어 봐야겠다. 지금 내 나이가 어때서….

(2018, 9.)

참을성의 한계

"기사님 화장실에 다녀와도 되나요?"

붕붕대는 버스 안에서 발을 동동 구르는 내 나이 또래 여자가 있었다. 3분정도 여유가 있는데도 차표를 확인하던 기사는 안 된다고 딱 잘랐다. 기사에게 아무리 사정해 보지만 막무가내였다. 내가 더 답답해 보여 반쯤 일어나 내리라고 했지만 여자는 무슨 생각인지 뒷자리로 걸어갔다. 그리고 갈등이 생기는지 계속 서있었다. '어쩌려고 그러는지 앞으로 두 시간 넘게 가야 하는데, 고속도로에서 차라도 밀리면….' 생각만 해도 아찔했다. 떠날 시간이 다 됐으면 차라리 다음 차를 타라고 공손하게 말하면 좋으련만, 기사의 톤 높은 경상도 사투리가 야속하기까지 했다.

여자가 엉거주춤하는 사이 버스는 떠나고 있었다. 남의 일이지만 기사도 야박해 보였고 여자 역시 답답하기 짝이 없었다. 아무리 급해도 볼일을 보고 차를 타야지, 평소에도 준비성이 없는 듯 보였다.

　버스를 타고 나는 여행을 자주 다니는 편이다. 자가용 같으면 먹고 싶은 물이나 간식을 맘껏 먹는다. 그런데 버스를 타면 생리작용 때문에 긴장이 된다. 그래서 목적지에 도착할 때까지 입이 바짝바짝 말라도 물도 마시지 않는다. 그리고 버스를 기다리는 시간동안 화장실에 두 번 정도 다녀온다. 그래도 장거리여행은 두어 시간 정도 가는 길은 휴게소도 안 들르고, 때로는 막힐 때가 많아 물은 특히 줄여 먹어야 한다.

　그런데 저 여자 큰일이다 싶었다. 자꾸만 뒤를 돌아봤다. 뒷좌석에 있던 여자는 어느새 내 옆 건너편에 혼자 있었다. 조금이나마 소변 참는데 도움이 되는지 뒷좌석에 다리를 위로 올려놓고 있었다. 시간을 보고 있는지 핸드폰만 열고 닫기를 수없이 했다. 눈을 지그시 감고 잠이 들었나 싶었는데 핸드폰이 울리자 눈을 번쩍 떴다. 달리는 소음 때문에 정확히 들을 수 없지만 남편인 듯 했다. 아마도 본인이 처한 처지를 주절주절 말하며 전화기만 오래도록 잡고 있었다. 저 여자 눈에는 차창 밖에 흐드러진 이팝나무 꽃비도 눈에 보이지 않을 것이고 한가로이 낚시하는 강태공의 여유도 생각할 틈조차 없을 것이다. 오로지 한 가지 생각뿐일 것이다.

　그 여자를 보면서 TV에서 얼마 전 탈북민이 생리현상 때문에 어려움을 겪었던 말을 들은 적이 있었다. 중국공안에게 쫓겨 학교로 들어가게 되었다. 여러 사람이 우르르 이층으로 올라갔다. 사전에 미리 계획했던 대로 교장실로 들어갔다. 여러 사람이 꼼짝없이 공안과 대치하는 상황에 놓이게 되었다.

그런데 불행히도 그곳에는 생리현상을 해결할 화장실이 없었다. 오랜 시간 버티다 보니 한 여자가 소변을 참은 지 꽤나 되었다. 일층에 화장실이 있긴 한데 나갔다 하면 공안에게 잡혀 끌려 갈 위기에 놓였다. 그 여자는 남녀가 함께 있는 자리에서 이를 악물고 참다가 나중에는 기절할 만큼 얼굴빛이 창백해졌다. 더 이상 참으면 숨이 꼴딱 넘어 갈 지경에 이르렀는데 옆에서 안타깝게 지켜보던 애기 엄마가 기저귀를 한 장 내주었다. 그 여자는 부끄러움도 모른 채 한쪽 구석에 가서 소변을 봐 위기를 넘겼다고 했다.

그 여자 말이 생각나 더욱 걱정이 되어 자꾸만 뒤를 힐끔거렸다. 버스를 청소하는 양동이라도 있으면 갖다 주고 싶었다. 아니면 애기 엄마라도 있으면 기저귀라도 얻어 주고픈 마음이었다. 여자는 꿋꿋하게 잘 참고 있었다. 오지랖 넓은 나는 버스가 막힐 때마다 속이 더 탔다. 배차 시간에 쫓기는 기사를 이해하지만 매정 하고, 아차하면 큰일 날 저 여자도 곰 같다.

다행히 제 시간에 터미널에 도착하고 그 여자가 맨 앞에 내리도록 손님들은 의자에 앉아 있었다. 엉거주춤하고 살금살금 발을 내딛는 그 여자를 마중 나온 남편이 있었다. 짐 가방을 받아 들고 뒤따라가는 남편은 운전석에 앉아 있는 기사를 향해 한 번 눈총을 쏘고 발걸음을 재촉했다.

(2019. 6.)

아비의 소원

"임마, 고기 먹을래? 아구찜 먹을래?"

지팡이에 의지하며 힘겹게 올라온 사내는 내 뒷좌석에 앉았다. 아침도 굶었다며 옆에 앉은 병사에게 아구찜과 고기 중에서 메뉴를 선택하란다. 그러면서 사내는 고기가 싫다고 미리 못을 박았다. 병사는 잠시 망설이다 어쩔 수 없이 아구찜으로 골랐다.

점심 메뉴 고르는 대화가 끝나자 사내는 긴 한숨을 내쉬었다. 한숨소리가 어찌나 깊은지 천길 땅속도 뚫을 것만 같았다.

사내의 목소리 톤은 유난히 컸다. 사내는 아침도 거르고 새벽에 집을 나서 아들 면회를 온 것 같았다. 사내가 아들에게 가벼운 욕설까지 섞어가며 거침없이 늘어놓는 말에 점점 호기심이 생겼다. 나는 귀를 쫑긋 세우고 가방에서 메모지를 꺼내 두 부자의 연속극 같은 삶을 빼틀빼틀 써내려갔다.

요즈음 군 생활에 적응 못하고 사고 치는 병사들도 허다하다. 그런데 사내는 군 생활도 버거운 아들에게 바윗덩어리를 가슴에 안겨 주는 말만 늘어놓았다. 아들의 입장을 누구보다 잘 알면서 추궁하듯 말하는 사내가 답답하다 못해 은근히 화가 났다.

사내는 아들에게 간절한 바람이 있었다. 남은 군생활 동안 틈틈이 공부해 대학에서 전공한 자격증 따고 사회 나오기 전에 진로까지 선택하란다. 아들은 자신이 없는 듯 기어가는 소리로 "제대 후 생각하고 싶습니다."라면서 똑 부러진 한 마디로 대답한다. 사내는 실망하는 듯 두 부자 사이 잠시 침묵이 흘렀다.

나는 면회 와서 자식에게 일방적으로 몰아붙이는 사내에게 또 화가 났다. 그런데 두 사람의 대화를 듣다보니 사내에게 안타까운 사연이 있었다.

직장 생활을 하며 평범한 가장이었던 사내는 뺑소니차에 크게 다쳤다. 오랜 병원 생활과 심한 장애로 사내는 삶이 버거웠다. 몸과 마음이 병든 사내를 못견뎌하는 부인과 끝내 이혼까지 하였고 또 큰아들마저 부모의 이혼으로 충격받아 집을 나가 몇 년째 감감무소식이었다.

사내는 점점 누구의 도움 없이 혼자 버티기 힘든 몸이 되었다. 갈 곳 없는 사내가 의지할 안식처는 고향집이라 생각했다. 홀로 고향집을 지키며 사는 구순 노모는 언제든지 찾아가면 반길 줄만 알았다. 그런데 예전에 살가웠던 어머니는 간 곳 없고 고집과 타박으로 사내를 더 힘들게 했다. 어머니를 이해하면서도 한편으로는 야속하다고 아들에게 털어 놓는 것이었다.

사내는 밤만 되면 온 몸에 심한 경련이 일고 그 고통으로 몸부림치며 날이 밝기를 기다린다. 하루도 빠짐없이 찾아오는 고통에 삶을 포기하고 싶은 유혹도 여러 번 들었다. 가장 힘든 건 외출할 때 질질 새는 대소변 조절을 맘대로 할 수 없어 불안하단다. 불편한 몸으로 자식 면회 온 사내의 뜨거운 부정에 잠시 화가 났던 내 마음에 애잔함이 가득 차올랐다.

사내에게는 실낱같은 마지막 소원이 있었다. 줄기세포를 세 번 맞으면 심한 경련에서 벗어날 것 같단다. 그런데 생활보조금으로 근근이 살아가는 사내에게는 기천만원 하는 치료비가 없다. 사내의 말에 간간히 맞장구 쳐 주던 아들의 목소리는 잦아들고 열기 가득한 한숨소리만이 들렸다.

"아버지! 조금만 참으세요. 제가 제대하면 바로 취직해서 꼭 낫게 해드릴 게요."

아들의 시원한 말 한 마디에 근심걱정을 다 털어버린 듯 사내의 껄껄대는 입이 아귀처럼 커졌다.

(2016. 5.)

금고 속 재산

　저승사자에 끌려가듯 어둠침침한 초음파실로 들어갔다. 한 여름 더위인데도 침대에 눕자 소름이 돋았다.

　며칠 전 조영술 검사부터 핵 검사까지도 견뎠는데 이까짓 것 아무 것도 아니라고 스스로를 다독인다. 화면의 영상을 곁눈질로 본다. 기계가 가슴을 스칠 때마다 흰 물결과 검은 물결이 파도치듯 일렁인다. 인체를 속속들이 들여다 볼 수 있는 것이 신기하다.

　혹시나 이 기계로 사람 속마음까지 훤히 보이는지 의사에게 묻고 싶은 걸 꾹 참았다. 진심을 몰라주고 오해하는 사람들에게 속속들이 내 마음을 보여주고 싶어서이다.

　처음 수술할 때처럼 의사는 환한 미소를 지으며 간단한 검사라고 한다. 잠시라도 환자를 안심시키려는 의사의 의례적인 말에 두근대는 심장이 서서히 가라앉는다. 조직검사가 시작되었다. 벌침이 쏘는 듯 따끔대더니 무감각해진다.

'탁탁' 스탬프 찍는 소리가 들렸다. 얼굴에 덮인 천에서 소독약 냄새가 확 풍긴다. 소름 끼치는 소리에서 벗어나 소독약에 취해 깊은 잠속으로 빠지고 싶었다. 짜릿짜릿 가슴을 파고드는 신경세포가 놀라 한곳으로 똘똘 뭉쳐 온몸이 바짝 조여왔다.

얼굴에 덮인 헝겊이 흥건히 젖고 있다. 내 삶을 돌아보니 육십 평생 살았고, 내 할 노릇 다 했는데 무슨 미련이 있단 말인가. 내 발로 걸어 다니며 병원 치료 받는 사람은 그나마 복 받은 사람이라고 했던 친구의 말이 떠올랐다. 자식도 그랬다. 수술할 수 있는 병이라면 고칠 수 있다고 용기를 준다. 그렇다 마음대로 걷고, 눈으로 보고 먹을 수 있다면 희망은 있는 것이다.

그런데 수십 년 동안 쌓아 놓은 금고 속 재산들이 걱정되었다. 병들어 누워 있으면 슬금슬금 빠져 나가 텅 빈 금고만 남는다고 했다. 나는 칠성판 같은 검사대 위에서 금고에 미련을 갖는 자신이 한심스러워 눈물이 났다.

자식들과 사계절 피고 있는 여섯 송이 손녀 꽃들이 내 재산 목록 1호이다. 그리고 희로애락을 같이하는 피붙이 같은 사람들과, 어린 시절 살가운 또래 친구들도 보석보다 귀한 재산이다. 또 한결같은 마음으로 정을 나누며 삶의 발자국을 함께 걷는 언니들과 동생들도 나에게는 금덩이보다 더 큰 재산이다. 강산이 넘는 세월동안 내 글바라기들 주소록을 땅 문서 간직하듯 하고 있다. 점점 불어나는 금고 속 재산 어느 것 하나 내줄 수 없다. 안간힘을 다해 재산을 지키려는 욕심이 넘쳐 차디찬 검사실 침대에 누워 뒤돌아보고 또 돌아본다.

속빈 강정 같은 금고 속을 수십 년 동안 나는 차근차근 채워왔다. 점점 불어날 때마다 나에게는 크나큰 즐거움이자 내 삶의 전부라 생각했었다. 그런데 이제 이런 갈등을 벗어나기 위해서 보석보다 귀한 금고 속 재산을 내려놓아야 남은 삶이 홀가분할 것 같다.

어느새 검사를 마쳤는지 둔탁한 쇳소리가 들린다. 의사는 수고했다는 말을 남기고 나갔다. 오늘부터 욕심 부리지 않고 금고 속 재산 비우는 연습을 다짐하는데 보물 1호 큰아들에게서 전화가 왔다. 뒤를 이어 여섯 번째 손녀의 영상을 막내며느리가 보여준다. 코맹맹이 소리로 할머니 집에 오고 싶다고 울먹인다.

그립다. 금고를 비우기는 애초에 글렀나보다.

(2016. 7.)

핑크빛 원피스

누군가 그랬다. 고운 색과 꽃무늬 옷이 눈에 띄면 할머니가 되어 간다는 증거라고 했다. 며칠 전 버스를 타고 차창 밖을 내다보았다. 쇼윈도우에 걸어 놓은 핑크빛 원피스에서 눈을 뗄 수가 없었다. 집에 와서도 머릿속에 핑크 원피스가 자꾸만 떠올랐다. 올해 초등학교 입학한 규리와, 유치원에 다니는 누리에게 선물하고 싶었다.

봄기운이 감도는 화창한 날, 핑크빛 원피스에 홀려 매장 안으로 들어갔다. 동화 속 공주가 입었던 드레스를 좋아하는 손녀들에게 입히면 딱 어울릴 것 같았다. 매장 밖에서 보았던 옷보다 안에는 색깔들이 다양했지만 내 눈에 다른 색 옷은 들어오지 않고 화사한 핑크색만 보였다. 어두운 색만 선호했던 내가 손녀들이 하나 둘씩 태어나면서 어느 순간부터 핑크색을 좋아하게 되었다.

별 모양이 촘촘히 박힌 원피스, 목 부분엔 웨딩드레스처럼 흰 실로 둥글게 수를 놓은 것이 특이했다. 거기다 나비리본에 반짝반짝 박힌 큐빅이 내 눈을 사로잡았다. 내 맘 같아선 매장 안 원피스를 몽땅 사고 싶기도 했다. 자식들 키울 때 옷을 사러 가면 디자인과 환한 색상은 아예 고르지 않았다. 활동하기 편하고 개구쟁이들이 흙칠을 해도 얼룩이 남지 않을 옷만 골랐다. 사내아이들 옷을 사면서 항상 여자아이 것을 한 번씩 만져보았다. 언제쯤 나는 깜찍한 여자 옷을 골라보는 날이 올까, 딸을 가진 부모들이 늘 부러웠다. 내 간절한 소원을 삼신할머니가 들었는지 아들들은 모두 손녀만 낳았다.

손녀 옷을 고르면서 일단 몇 가지를 걸어 놓고 사진을 찍었다. 규리는 청색 원피스, 누리는 핑크빛 민소매 원피스에 흰 티를 끼워 맞췄다. 여름엔 긴 티를 벗고 민소매만 입으면 시원할 것 같다. 원피스 앞에 달린 큰 나비가 사푼사푼 걷는 누리를 나풀나풀 따라 가는 것을 상상만 해도 입가에 미소가 저절로 번졌다.

나는 카톡으로 사진을 찍어 며느리에게 보냈다. 내 맘 같으면 규리도 칠부로 된 핑크 원피스를 사주고 싶어 물어봤다. 살이 쪄 뚱뚱해 보인다고 며느리는 웃었다.

내가 사준 옷을 입고 좋아할 손녀들을 생각하니 반나절을 소비하며 먼 거리까지 온 시간이 아깝지 않았다.

며느리는 원피스입은 누리를 카톡으로 보냈다. 쑥스러운 듯 포즈를 취한 사진과, 활짝 웃으며 손으로 얼굴을 감싼 모습에 그리움이 확 밀려왔다. 사랑하는 님이 절절히 보고 싶은 마음이었다면 아마도 상사병이 났을 것 같다. 규리는 원피스가 맘에 안 드는 모양이다. 며느리는 사진 찍을 때 규리가 씻고 있어서 못 찍었다고 변명을 했다.

누리는 나비 달린 원피스를 입고 언니와 엄마 손잡고 봄나들이를 했단다. 유치원에 다녀와서도 원피스를 벗지 않겠다고 며느리와 실랑이를 벌였단다. 잠잘 때도 잠옷처럼 입고 잠들었다고 했다.

여자아이 옷을 사고 싶었던 오랜 꿈이 여섯 손녀들이 태어나면서 넘쳐나고 있다. 가끔 오는 고등학생인 큰손녀부터 중학생과 초등학생, 유치원 다니는 막내 손잡고 옷 사러 가는 재미까지 쏠쏠하다.

내년 봄나들이는 멜빵 달린 남자아이 옷을 사러 가고 싶다.

(2018. 3.)

어머니는 우리 아가

그의 어머니는 치매 환자다.

오늘은 어머니 기분을 맞추려고 드라이브 중이란다. 일을 하다가 시시때때로 혼자 계신 어머니를 확인하는 그는 현관문을 여는 순간 심한 악취에 코를 들 수 없었다.

갑자기 문을 열고 아들이 들어오자 당황한 어머니는 이불에 쏟은 변기통을 얼른 치웠다. 그리고 걸레로 방바닥 닦는 시늉을 하고 있었다. 그는 말없이 오물이 뒤섞인 이불을 둘둘 말아 쓰레기통에 버렸다. 그리고 창문을 활짝 열고 환기를 시킨 후 솜처럼 가벼운 어머니를 번쩍 안고 욕실로 향했다. 어머니를 말끔히 씻긴 후 벗어 놓은 옷가지를 세탁기에 넣고 그는 밖으로 나왔다.

한바탕 전쟁을 치르고 한숨 돌리는 사이 어머니는 세탁기를 끄고 오물 묻은 옷가지를 주섬주섬 꺼내고 있었다. 그 순간 머리끝까지 화가 치솟았다.

"빨래를 널려고 꺼냈는데…."

어머니의 겁먹은 변명보다 자신에게 더 화가 났다. 그는 악을 쓰며 고래고래 소리를 질렀다. 평소에 다정다감하던 아들이 무섭게 돌변하자 어머니는 가슴에 안은 빨래를 슬그머니 놓고 구석으로 엉금엉금 기어가는 불룩 솟은 굽은 등짝이 거북이 같았다. 느릿느릿하게 살아 온 세월이 벌써 아흔 다섯이나 되었다.

몇 해 전 바쁜 일철에 요양사가 다녀가는 짧은 시간으로는 어머니 식사조차 챙길 수 없었다. 그는 가기 싫다고 떼쓰는 어머니를 살살 달래 요양시설에 맡겼는데 어머니를 요양시설에 모셔 놓고 눈에 밟혀 하루가 멀다고 찾아갔다. 어머니는 예전에 수술한 다리가 불편해 침대에서 꼼짝 못하고 온 종일 문 쪽만 바라보며 그를 기다렸다. 하루 일을 마치고 허겁지겁 달려 온 아들이 눈에 띄면 어머니는 아기처럼 매달리며 집에 가자고 졸랐다. 그는 끼니마저 거부하는 어머니를 겨우 달래놓고 언덕을 내려왔다. 밤하늘에 수많은 별들이 그를 향해 원망의 눈초리로 노려보고 있었다. 가슴앓이 하다 견디다 못한 그가 얼마 후 다시 어머니를 집으로 모셨다.

그의 말을 듣고 있으면 부모님 생전에 내가 얼마나 불효했는지 부끄러워 입을 뗄 수 없었다. 그에게 요즈음 보기드문 효자라고 칭찬을 하면 "나는 뼛속까지 불효자입니다!"

그가 불효자라고 하는 이유는 따로 있었다. 어머니는 한국전쟁 때

생사를 넘어 월남을 하셨다. 지긋지긋한 가난도 부족해 술주정하는 남편의 폭력에 시달리며 반평생을 보냈다. 그런 열악한 환경에서도 어머니는 어린 자식들을 끝까지 지켰던 분이셨다.

어머니가 자식을 다 키워 짝을 맺어 놓고 한숨 돌릴 무렵이었다. 잘 나가던 아들의 사업 실패와 반복되는 자식들 가정 파탄에 어머니 애간장은 녹아내렸다. 여행이나 다니며 즐겨야 할 어머니 삶은 어린 손자 손녀들을 키워내는데 손마디가 구부러지고 뼈마디가 다 닳아 수술까지 하는 지경에 이르렀다.

또 고관절 수술로 목발에 의지하고 걷는 어머니를 모실 형편이 안 돼 손자 집에 맡기게 되었다. 어느 날 아들 집에 갔을 때 불편한 몸을 이끌고 폐지 줍는 어머니와 우연히 마주쳤다. 죄 지은 사람마냥 당황하는 어머니 눈빛에서 그는 오래도록 자책하며 시달렸다.

사업실패로 방황하는 자신의 고통만 추슬렀던 욕심이 얼마나 어리석었던지 깨닫게 되었다. 그는 살고 있는 집이 불기 없는 컨테이너지만 어머니를 모셔왔다. 어머니와 함께라면 다시 일어 설 것 같은 용기가 생겼다.

그렇게 시작한 세월이 십년을 훌쩍 넘었다. 요즈음 부쩍 아기가 된 어머니가 토라져 있을 때 쓰는 특효약이 있었다. 달콤한 땅콩사탕을 입에 넣어주면 금새 싱글벙글한다. 또 어머니가 힘없이 계시면 제일 좋아하는 드라이브로 기분 전환을 시켜 드린다. 그의 어머니는 가끔 아들과 함께 노래방을 틀어놓고 〈타향살이〉 부르며 고향 가자

고 조른다. 아들은 어머니와 새끼손가락 걸며 내일 가자고 약속을
한다.

백수 가까운 어머니, 그는 아직도 보내는 연습을 못하고 있었다.
기억속에 점점 아들마저 지워가는 어머니를 보면 자신은 숨을 거두
는 날까지 죄인으로 산다고 했다. 어머니의 얼마 남지 않은 생의 끝
자락을 잡고 그는 하루하루 살얼음판을 걷는 심정으로 살아간다.

(2017. 2.)

아픈 손가락

집안이 시끌벅적하다. 장난기 많은 손녀들의 웃음소리가 온 집안을 가득 메운다. 끼리끼리 모여 놀다가도 티격태격 싸우기도 하여 몇 번인가 큰 소리를 질러야 명절이 지나간다. 집안을 헤집듯 들락거리며 귀가 따갑도록 재잘대는 손녀들 틈에서 들리지 않는 목소리가 있다. 사람 손길을 피하는 강아지처럼 가족들에게 조차 눈길을 주지 않는다. 그나마 목소리를 들을 수 있는 것은 큰손녀 옆에 바짝 붙어 소근댈 때다.

며느리는 백일 갓 지난 손녀를 집에서 살림하는 언니에게 맡기고 직장에 다녔다. 언니에게는 개구쟁이 아들 형제가 있었다. 딸이 없던 언니 내외는 조카를 제 자식보다 더 애지중지 키웠다. 며느리도 역시 쉬는 날은 언니가 불편할 정도로 아이를 찾았다.

손녀가 세 살 무렵 동생을 보게 되자 며느리는 직장을 그만 두고 두 아이를 키웠다. 그리고 유치원 교사인 큰사돈 처녀와, 손녀들이 엄마라고 부르는 막내사돈도 함께 살았다. 이모들은 조카를 친자식처럼 예뻐했고 며느리도 극성스러울 만큼 온갖 정성을 다했다.

그런데 손녀가 친가에만 오면 낯선 사람을 만난 듯 도통 곁을 주지 않았다. 무엇이 문제인지 알 수 없었다. 가끔 작은아들 집에 가면 반갑게 맞이하는 며느리와 달리 손녀는 할미를 봐도 멀뚱멀뚱 쳐다만 볼 뿐이다. 민망한 며느리는 손녀에게 인사하라고 눈짓을 해도 무표정하게 바라봤다. 참다못한 며느리는 아이의 머리를 손으로 억지로 눌러 인사를 시켰고 나도 그런 손녀에게 환심 살 요량으로 용돈도 주고 간식거리까지 사다 주었다. 때로는 안아도 주고 칭찬을 해줘도 반응이 없다. 그래도 먼 타인을 보듯 심드렁한 표정이다.

손녀들이 초등학교에 들어가면서 며느리는 바빠졌다. 며느리가 출장가면 나는 모든 일을 미루고 달려갔다. 입이 짧고 몸이 허약한 손녀들에게 밥을 먹여 학교를 보내자면 숱한 잔소리를 해댔다. 먹이는 것보다 힘든 건 묻는 말에 대꾸조차 없는 손녀를 보는 것이 속 터지도록 답답했다. 그나마 집에 오면 책상에 앉아 차분히 동화책 읽는 아이에게서 실낱같은 희망이 보였다.

한편으로는 걱정스러워 전문가를 찾아 심리치료라도 받았으면 했으나 혹 며느리가 오해할까 감히 말을 꺼낼 수는 없었다. 내 보기에는 그만큼 커서도 낯가림하는 손녀가 어딘가 이상이 있는지 노파심이 있는데도 며느리는 전혀 걱정하지 않는 눈치였다.

아들내외는 휴일이거나 휴가 때는 아이들과 자주 여행도 다니고 영화구경도 갔다. 며느리는 방학 기간에는 직장에서 허겁지겁 달려와 억지로라도 점심을 챙겨 먹이고, 자신은 아이들 챙기느라 수저도 들지 못하고 일터로 뛰곤 했다. 아이들 신경 쓰면서 일에 지친 며느리는 점점 꼬챙이처럼 말라갔다. 그런 며느리를 보니 애가 탔다. 자고로 집안이 평화로우려면 주부가 건강해야 하는 게 아니던가. 애타는 내 마음과 달리 며느리는 제 몸에 신경도 안 썼다.

이사를 여러 번 다닌 탓에 친구는 많지 않지만 손녀는 그런대로 학교생활에 잘 적응을 했다. 며느리가 퇴근하고 집에 와보면 책을 읽거나 숙제를 하고 있었다.

중학생이 되면서 은근히 걱정이 앞섰는데 이제는 한 시름 놓아도 되겠구나 싶었다. 커 갈수록 제 어미와 대화도 잘 하고, 뿌리쳤던 아빠 손길도 받아주며 장난까지 친다는 소식에 안도의 한숨을 쉬었다.

오랜 기다림 끝에 내 품을 밀어내던 손녀가 이제는 살포시 안긴다. 용돈을 줘도 며느리 손에 억지로 받던 손녀가 기어들어가는 목소리로 인사까지 한다. 묻는 말에 곧잘 대답도 했다. 그뿐이랴 직장에서 지친 어미를 위해 더러는 밥도 해놓고 설거지도 한단다. 거기다 청소도 말끔히 해놓는 심성이 고운 아이로 변하고 있다. 그동안 걱정만 앞서고 기다려 주지 못한 내 자신이 손녀에게 미안했다.

지난 학기 시험에서 한 개 틀려 만점을 받지 못했다며 며느리는 아쉬워한다. 내 우려를 말끔히 걷어내고 바르게 자란 손녀에게 선물을 해주고 싶었다. 엄마가 골라 준 옷만 입던 손녀가 처음으로 제 스스로 골라 입었다. 우윳빛 피부가 어울리는 옷을 입고 거울 앞에서 환하게 웃는다. 이제는 아프고 시린 손가락이 아닌 우리 가족의 꿈과 미래의 꽃이다.

(2017. 6.)

그녀가 홈런을 쳤다

드디어 다섯 번 만에 그녀가 홈런을 날렸다. 이웃들은 기쁘면서도 믿기지 않았다. 강보에 싸인 밤톨만한 아기의 고추를 확인하는 순간 모두 안도에 한숨을 내쉬었다.

그녀는 딸만 내리 낳고 네 번째 아기를 가졌다. 그녀는 한의원에서 아들 낳는 약을 먹었다며 이웃들에게 자랑까지 했다. 직업군인인 남편의 박봉으로 올망졸망한 딸들과 살아가는 그녀 얼굴에 항상 수심이 가득했다.

손이 귀한 집안 며느리로 대를 이어야 한다는 부담감에 그녀는 아들 낳는 약까지 먹은 것이다. 점점 불러오는 배와 산달을 지켜보던 이웃아낙들은 모이기만 하면 그녀가 화젯거리였다.

딸 가졌을 때와 달리 아기가 뱃속에서 축구선수 못지않게 발길짓 한다는 그녀 말에 우리 이웃들도 틀림없는 아들로 확신했다. 우리는 점점 남산만 해지는 배를 보며 톡 솟으면 딸인데 두루뭉술한 것이 틀림없다고 추켜세우기까지 했다. 나도 아들만 낳은 경험을 바탕으로 이웃들 말에 맞장구를 쳤다.

그녀가 또 하나 믿음을 갖는 게 있었다. 한의원에서 아들 낳는 약을 먹었기 때문이었다. 효험 본 산모들이 많다는 한의사 말에 잔뜩 기대에 부풀었다. 아낙들은 손뼉까지 치며 아들 낳으면 한턱내라고 했다. "그까짓 거 아들만 난다면 한턱이 문젠가 두 턱이라도 낸다."며 그녀는 신바람이 나 큰소리를 빵빵 쳤다.

동네 아낙들은 그녀의 출산 날을 손꼽아 기다리고 있었다. 산달이 가까울수록 그녀의 안색은 초조함으로 가득했고 까맣게 타오르는 심정만큼 예전보다 얼굴이 세계지도를 그려 놓은 듯 했다. 담 하나 사이에 살았던 그녀 마당에서 웅성대는 소리만 들려도 혹시나 하는 기대로 넘겨다봤다.

그러던 어느 날 그녀에게 산기가 있어 병원에 갔다고 골목 안 사람들이 술렁거렸다. 틀림없이 아들이라고 장담했던 아낙들은 출산 시간에 맞춰 병원에 가기로 했다. 고추라도 달고 나오면 술 좋아하는 그녀 남편을 앞세워 한바탕 잔치라도 벌이려고 단단히 벼르면서 아낙들은 오랜만에 화려한 외출복으로 갈아입었다.

입원실 마당에는 평상과, 재래식 화장실 입구에 붉은 꽃이 만발했고 그녀가 출산하고 몸조리하는 온돌방에는 작은 툇마루가 있었다.

막상 병원에 도착하자 들어가는 입구에서 모두 멈칫하고 있었다.

현관문 틈으로 입원실 쪽을 보았다. 평상에 그녀의 남편이 홀로 앉아 먼 산을 바라보며 담배만 뻐끔댔다. 동네 아낙들은 직감적으로 '아차' 하는 생각이 머리에 스쳤다. 의기양양했던 여인들은 병원 밖에서 서로 입원실로 들어가길 망설였다.

그녀의 남편과 평소에 스스럼없던 내가 용기를 내었다. 입원실에 들어가자 붉은 장미 얼굴로 물든 남편과 눈이 딱 마주쳤다. 평소 같으면 반색할 사람이 멍한 시선으로 땅이 꺼져라 한숨을 내쉬었다. 한숨 섞인 입에서 알코올 냄새가 풀풀 났다. 나는 말없이 평상 모서리에 앉았다. 입원실에서는 막 출산한 듯 아기 울음소리에 이어 그녀의 흐느끼는 소리가 새어나왔다. 뒤이어 삼신할매를 원망하며 그녀를 달래는 친정엄마의 착 가라앉은 음성이 들렸다. 두 모녀의 대화에 내 가슴도 찢어질 듯 아팠다.

새 생명 탄생을 축하도 못한 채 그녀 모르게 남편과 눈인사만 나누고 슬며시 나왔다. 밖에서 기다리던 아낙들은 내 굳은 표정에 입을 꽉 다문 채 서로 눈치만 살폈다. 한턱은 고사하고 큰 잘못을 저지른 죄인들처럼 함께 간 아낙들은 터벅터벅 무거운 발길을 돌렸다.

그녀가 그렇듯 네 번째 딸을 낳고 흐느끼던 때가 엊그제 같다. 그런데, 소식도 없이 임신하여 다섯 번째는 길게 홈런을 쳤다. 홈런 친 아기가 어느새 헌칠한 청년이 되어 다리 깁스한 그녀를 업고 삼층 계단을 성큼성큼 오른다.

"친구야! 예전에 한턱 못 쏜 것 지금 먹으면 안 될까?"

꿈을 담는 노트

문구점 진열대에는 세 가지 색상 노트가 있다. 아이가 간직하기에 적당한 크기다. 아이는 들뜬 목소리로,

"할머니는 어느 색이 맘에 들어요?"

진달래 꽃물을 뿌려 놓은 색과, 보기만 해도 눈이 시원한 파란색이 있었다. 그런데 아이는 담벼락처럼 답답한 회색 노트를 만지작거리며 물었다. 지금 아이의 답답한 심경이 색으로 표현 된 것 같아 마음이 아팠다.

"환한 색을 좋아하면 마음도 밝아진단다."

아이는 회색 노트를 슬며시 놓고 파란색을 골랐다. 학교에서 쓰는 노트 이외는 글을 저장할 다이어리가 없다고 했다. 오늘 사과하는 의미로 움츠린 날개를 펼 수 있는 노트를 아이에게 선물하고 싶었다. 아이는 내 선물을 받아들고 사용하는 법을 물었다. 연습장에서 정리

한 글을 날짜를 적어가며 옮겨 쓰라고 했다. 정신이 산만한 요즈음 아이와는 달리 차분하게 내 설명을 귀담아 들었다. 또 궁금한 것이 있으면 되묻는 영리한 아이였다.

나는 평소에 글재주 있는 아이에게 오늘 출판기념 행사장에서 시 낭송을 시켜주기로 약속했다. 엄마를 따라와 우리 집에서 하룻밤 지 낸 아이는 밤새 써놓은 글을 아침까지 고치고 있었다. 아이는 오늘 행사장에 간다고 밤에 입고 잔 옷을 벗어 놓았다. 그리고 출근하는 엄마에게 평소에 자주 입는 치마로 갖다 달라고 조른다. 출근 시간에 쫓기며 엄마가 가져온 옷은 아이 맘에 들지 않았다. 아이가 투덜대자 엄마는 버럭 소리를 질렀다. 아이의 큰 눈망울이 그렁거렸다. 나는 아이 엄마를 향해

"어린이집 가는 네 살배기 우리 손녀도 맘에 드는 옷만 골라 입는 단다."

집에 들어가면 예쁜 옷으로 찾아 입으라고 아이의 등을 토닥거렸 다.

그런데 행사가 시작되고 마칠 때까지 내 기억속에서 아이를 까맣 게 잊고 있었다. 성황리에 출판기념 행사를 마치고 사람들이 거의 다 빠질 무렵 맨 끝자리에서 밥먹는 아이가 눈에 띄었다. 나는 가슴 이 철렁 내려앉았다. 아이는 나와 눈이 마주치자 고개를 푹 숙이고 있었다. 그리고 시낭송할 종이를 꼬깃꼬깃 접어 주머니에 넣었다. 꿈에 부풀었던 아이에게 큰 실수를 저질렀다는 자책에 할 말을 잃고

말았다.

행사를 마치고 돌아오는 차안에서 아이의 꽁꽁 언 손을 꼭 잡고 나의 어린 시절 이야기를 들려주었다. 부모의 잦은 불화로 가출한 어머니를 향한 그리움과 원망으로 얼룩졌던 일기장 이야기를 해주었다. 어머니가 없는 집안 살림을 하면서 말 안 듣는 동생들과 다투고 속상하면 일기를 썼고, 결혼하고 나서는 아이들과 함께 많은 책을 읽었다. 오랜 시간 내가 썼던 일기와 명작들이 글을 쓸 수 있는 씨앗이 되었다고 아이에게 들려주었다. 내 말에 용기를 얻은 아이는 그늘졌던 얼굴에 환한 미소가 번졌다.

어린 시절 힘들 때마다 내 손을 잡고 일기장에 내 마음을 담으라던 선생님 말을 나는 이 아이에게 고스란히 전했다.

한참 해맑게 자라야 할 열 살배기다. 부모의 잦은 불화로 어느새 훌쩍 철이 든 아이에게서 어린 시절 내 모습이 겹쳐지고 있었다.

부모의 잦은 다툼으로 엄마가 자신을 버리고 집을 나갈까봐 학교에서 서럽게 울었다는 말을 들었다. 아이가 겪는 아픔들이 꿈을 담는 노트에 차곡차곡 쌓여 글의 씨앗으로 움틀 것이다. 먼 훗날 철원을 빛낼 큰 나무로 아이가 성장하길 바람해 본다.

(2017. 2.)

엄마의 죄는 두 배

"철커덕"

'무슨 소리지?' 병원 대기실 주변을 둘러봤다. 휠체어에 탄 뚱뚱한 여자가 보였다. 그녀 앞을 가로막고 있는 젊은 여자에게서 나는 소리였다. 또 한 번 쇳소리가 들렸다. 젊은 여자는 바지 주머니에 무언가를 쑤셔 넣고 있었다.

휠체어에 탄 여자는 위아래 옷이 푸른색 줄무늬였다. 그리고 마스크를 하고 있었다. 더운 날씨에 감기 환자로 보였다. 그런데 그녀의 옷이 환자복과 비슷하지만 뭔지 다른 듯 칙칙한 줄무늬에 약간 두툼했다. 젊은 여자가 그녀의 손에 옷 색깔과 똑같은 손수건을 덮어주었다. 순간 머리에 스치는 게 있었다. 텔레비전에서 본 법정에 나가는 수갑 찬 손이 생각났던 것이다.

그녀는 답답하다며 휠체어에서 일어나 벽에 기댔다. 키가 큰 그녀는 요즘 보기 드문 흰 남자 고무신을 신고 있었다. 그리고 내려오는 앞머리를 질끈 묶어 상투처럼 틀어 올렸다. 옆머리는 양 갈래를 꽈배기로 엮은 것이 마치 그녀의 삶이 꼬인 듯 보였다. 터질 듯 탱탱한 허벅지에 불룩 나온 뱃살 위로 옷이 살짝 들려 뽀얀 속살이 보였다. 죄를 짓고도 옷이 빵빵하도록 살이 찌다니, 그녀는 틀림없이 낙천적인 성격일 것 같았다.

마스크를 쓴 그녀는 교도관인 여자와 이야기를 나누면서 눈빛은 웃고 있었다. 온통 그녀 행동에 신경이 쓰였다. 이곳은 일반 진료실과 뚝 떨어져 여성들만 오는 곳이었다. 나는 머릿속으로 그녀의 병을 상상했다. '나처럼 외과 수술을 한 건가, 아니면 산부인과에 문제가 있나?' 간단한 진료면 그녀가 있는 교도소에서 치료를 할 텐데, 더욱 궁금증만 커갔다.

간호사가 이름을 부르자 그녀는 진료실 문을 열고 들어갔다. 진료실은 내가 예상한 곳이 아닌 '태동검사실'이었다. 그녀가 들어 간 진료실을 멍하니 바라봤다. 그녀를 뒤따라 유리문 밖에서 서성이던 남자가 '일지'라고 쓴 검은 노트를 들고 들어갔다. 곧이어 남자는 나오고 두 사람은 그곳에 남아 있었다.

심한 충격으로 머릿속에 혼란이 왔다. 내 검사는 뒷전이고 그녀의 뱃속에서 꿈틀대는 새 생명으로 온통 신경이 쓰였다. 그녀가 대체 무슨 죄를 지었기에 임신한 몸으로 수감생활을 하는 걸까.

살인, 사기, 차라리 생활고로 남의 물건을 훔치는 절도범이었으면 했다. 그러면 재판 때 뱃속아기를 봐서라도 가벼운 죄로 석방될 것만 같았다. 태교하면서 좋은 것 보고, 듣고 먹어야 할 엄마가 수갑을 차야 하다니…. 재판 때 아기는 엄마의 죄목을 낱낱이 듣고 귀를 막을 것이다. 또 입덧이 나면 입맛 당기는 음식과 신선한 과일을 먹어야 건강한 아기를 낳을 수 있다. 그런데 그녀는 마음 졸이며 하루하루를 생지옥에서 살고 있을 거다. 나는 그녀와 아기를 위해 마음속으로 빌었다. 아기 눈이 짝짝이가 아닌 샛별 닮은 초롱초롱한 눈으로 태어나기를….

그녀는 진료실에서 태동하는 아기의 천둥소리를 들으며 무슨 생각을 할까. 꼼지락대는 생명을 짐이 아닌 새 출발의 끈으로 삼았으면 한다.

(2017. 9.)

집 타령

"직장 다니며 텃밭 가꾸는 안사람이 불쌍해서 낫으로 고추, 배추 모조리 베어버릴 거예요."

아침부터 잔뜩 화가 난 아들은 씩씩대며 할머니를 몰아붙이고는 휑 하니 나갔다.

아들이 화난 이유가 있었다.

어제 새벽에 부산하게 병실을 들락날락 하던 할머니, 집에 못 가게 만류하는 아들에게 중요한 약속이 있다고 성화대더니 외출을 했다.

할머니는 아들 내외가 출근하고 나면 굽은 허리를 뒤뚱거리며 텃밭으로 갔다. 골고루 심어놓은 곡식과 야채밭을 풀 한 포기 없이 말끔히 가꾸었다. 어느 날 몸을 씻다보니 엉덩이에 콩알만 한 것이 잡혔다. 그런데 별로 통증이 없어 밭고랑에 털썩 주저앉아 매일 김을 맸다. 숨이 목까지 차오르는 더위에 상처가 밭고랑에 쓸려도 할머니는 오로지 일에만 몰두했다. 어느 날 보니 상처가 팅팅 부풀어 올랐다. 할머니는 자식들 몰래 치료하다가 간식 들고 온 며느리에게 들키고 말았다.

아들에게 이끌려 병원에 도착했을 때는 이미 고름으로 상처가 가득 차 있었다. 상처를 보자마자 의사는 거침없이 도려냈다. 상처가 얼마나 깊었는지 입원 한 달이 넘도록 치료를 해도 당뇨 때문인지 잠자고 나면 겉옷까지 누렇게 고름이 배어 나왔다.

눈만 뜨면 할머니는 집에 못가 안달이 났다. 할머니가 정성껏 가꾼 텃밭에 고추와, 참깨, 들깨 등 가정에 필요한 양념을 골고루 심었다. 또 휴가철에 놀러올 딸내미들을 위해 심은 옥수수와 방울토마토도 있다면서 할머니는 텃밭이야기만 나오면 집 타령이 시작되었다.

아들 내외가 병원 가까이 직장이 있어 아침이면 밑반찬과 윤기가 반지르르한 토마토를 가져왔다. 자식이 가져온 보따리는 뒷전이고 텃밭에 여물어가는 참깨가 걱정이었다. 그리고 말복이 지나면 심어야 하는 김장배추 때문에 할머니는 애간장이 녹았다.

농사일을 해보지 않았던 아들이 깨를 베어도 묶을 줄 모른다며 할머니는 가깝게 지내던 이웃에게 물어보라고 닦달하기 시작했다. 그렇지 않아도 며느리는 쫓아다니면서 잔소리 해대는 이웃 노인과 남편이 다투었다고 할머니에게 일렀다.

할머니 마음은 점점 조급해졌다. 참깨 베는 시기를 놓칠세라 아들 퇴근 시간이 가까우면 전화기에 불이 났다. 또 빨갛게 익어가는 고추

를 따라고 며느리에게 성화를 해댔다. 할머니는 집에 가고 싶다고
안달을 하더니 아침 일찍 외출 허락을 받아냈다. 해질녘이 되어 돌아
온 할머니는 오자마자 침대에 누웠다. 허리통증 때문에 저녁도 굶은
채 초저녁부터 잠이 들었다.

할머니는 자식에게 꼭 만나야 할 사람이 있다고 속이고 아들 내외
가 출근한 틈을 타 텃밭에서 온종일 있었던 것이다. 그늘에 있어도
이마에 땀이 줄줄 내리는 한낮 더위에 백여 포기 넘는 김장배추를
다 심고, 아들이 엉성하게 묶어 하우스에 팽개쳐둔 참깨를 가지런히
세워 놓고 왔다고 했다.

그 이튿날, 출근 전에 들른 아들에게 다리에 쥐가 나고 상처에서
진물이 겉옷을 흥건히 적셨다고 말했다. 나는 속으로 아차 하는 생각
을 하고 있는데 갑자기 아들의 성난 목소리가 들렸다. 병실 사람들은
깜짝 놀라 두 모자를 멍하니 바라봤다. 한 마디 대꾸도 못하고 쩔쩔
매는 할머니가 안타까웠다. 먼 산을 바라보고 혼자서 중얼대는 할머
니에게 나는 어떤 말로 위로할지 난감했다.

"서운하시죠? 아들들은 대부분 어머니보다 지 마누라가 먼저예
요."

쏟아지는 눈물을 삼키려고 할머니는 마른 입술을 잘근잘근 깨물었
다.

할머니는 온종일 시름에 젖어 병실 복도를 오락가락했다. 아침마
다 오던 아들 내외는 하루가 지나도록 발길을 뚝 끊었다. 할머니는

아침식사도 거른 채 힘없이 누워있는데….

"엄마! 깨를 털었는데 한 말이 나왔어."

아들 목소리에 침대에서 벌떡 일어나 "정말?" "뻥이야."

장난치는 아들 말에 그동안 속앓이했던 할머니 마음이 스르르 녹아내리고 있었다. 아들의 서운한 타박에 상처가 다 나아도 병원에서 버틸 거라고 장담하던 할머니였다. 그런데 언제 그랬냐는 듯 회진 도는 의사에게 할머니는 또 집타령이다.

"언제 퇴원해요?"

(2016. 9.)

감나무 수목장

"올 겨울, 이 많은 감을 어떡해…"

감나무 아래 잠들고 있는 나를 향해 아들은 울먹인다.

지난봄에 나는 삶의 끈을 놓고 이곳에 묻혔다. 죽음, 남들은 백세 가깝도록 만고풍상을 다 겪은 나의 죽음을 호상이라고 한다. 호상인 건 틀림없다. 그런데 달력이 반을 다 넘기도록 나를 잡는 질긴 끈 때문에 떠나지 못하고 감나무 곁을 빙빙 돌고 있다.

반년 전, 봄을 재촉하는 비가 부슬부슬 내렸다. 며칠 전부터 가슴 한쪽이 뻐근했다. 아들에게 말하고 싶어도 꾹 참았다. 왜냐고, 아들은 여름 한철 밀려드는 손님맞이에 펜션 곳곳을 손보고 있었다. 어스름해지면 아들의 반가운 발자국 소리가 들린다. 온종일 일에 지친 아들은 씻지도 못하고 자리에 누울 때가 많았다. 아들의 두 다리 연골이 다 닳도록 꾸며놓은 펜션은 인근에서 최고의 쉼터로 꼽혔다.

밤새 아들의 앓는 신음소리가 내 가슴을 방망이질해댔기 때문이다.

치매기가 있는 나는 정신이 맑아질 때면 곁에서 보살피는 요양사에게 가슴 통증을 호소하곤 했다. 요양사는 담인 것 같다면서 아들에게 알렸다. 그 다음 날 요양사가 약을 지어 왔는데 먹어도 소용없었다. 상처가 속에서 점점 부풀어 처녀 가슴을 닮아 갔다. 잠자리에서 끙끙 앓는 소리를 듣고 아들은 벌떡 일어났다. 봉곳 솟아오른 피부가 벌겋게 성나 있었다.

병원으로 가는 차 안에서 내 손을 꼭 잡은 아들은

"엄마! 미안해, 미안해."

잘못했다며 비는 보석보다 더 소중한 아들의 두 눈이 그렁그렁했다.

시내 병원을 찾았을 때 의사는 고개를 가로저었다. 부푼 곳을 째고 치료를 해도 병세는 점점 깊어만 갔다. 주변 사람들은 백세 가까운 나를 집으로 모시라고 했다. 아들은 화를 내며 나를 도회지에 있는 종합병원에 입원을 시켰다. 두 번의 수술을 하는 동안 아들은 먼 거리를 하루가 머지않고 찾았다.

저승꽃이 활짝 핀 내 얼굴을 쓰다듬는 아들 눈에서 흐르는 눈물이 너무나 뜨거웠다. 집에 가자고 어린 아기처럼 떼쓰는 나를 달래 놓고 가는 아들의 뒷모습이 이승에서의 마지막이었다. 비몽사몽 중에도 병실을 지키는 딸과 손녀가 보였다. 나는 한 번이라도 더 보고 싶은 아들만 찾았다. 그러다 생각을 바꾸었다. 아들과 함께 한 달콤한 추억을 떠올리며 기다리기로 했다.

눈 뜨면 일만 하는 아들이 야속했다. 나는 고래고래 아들을 불렀다. 내가 심심해서 짜증낸 걸 안 아들은 허허대며 일손을 잠시 멈추고 왔다. 나를 아기 안 듯 번쩍 들어 휠체어에 태웠다. 아들은 우리 둘만 아는 데이트 코스로 향했다. 십여 년 세월 우리 모자가 긴 계곡 따라가며 가꾼 정원이 있다. 아들은 그늘이 되는 버드나무와 과실수를 심었다. 그리고 울타리 역할을 하는 두릅과 가죽나무가 입맛 없은 우리 모자의 봄 밥상을 풍성하게 해주었다. 언덕을 내려가면 우리 모자의 겨울 간식인 감나무가 서 있다. 언제나 아들은 감나무 앞에 가면 발길을 멈추었다.

"엄마! 올해는 거름을 많이 했어. 감이 많이 달리면 내년 봄까지 두고 먹겠네."

아들 말에 나도 덩달아 마음속으로 오래오래 아들과 함께 감을 먹게 해달라고 기도를 했다.

서서히 내 육신에서 기억이 바람처럼 빠져나가는 느낌이 든다. 어디선가 통곡 소리가 들렸다. 손녀가 전화기를 내 귀에 바짝댔다. 눈을 번쩍 뜨게 하는 내 아들 음성이 들렸다. 큰소리로 '아범, 아범' 부르고 싶은데 점점 혀가 말려 들어갔다. 평소에 무뚝뚝한 아들은 달콤한 말로 내 마지막 생의 끈을 잡아당긴다. '오래도록 나를 지켜줘서 고맙다. 하늘나라에서 다시 만나자.' 주르륵 흐르는 눈물로 이별을 했다.

한 줌의 재가 된 나는 생전에 우리 모자의 데이트 장소에 잠들고 있다. 그리고 아들은 힘들 때마다 감나무로 찾아와 넋두리로 위안을 삼는다. 올가을 우리 모자가 쉬던 감나무에 주렁주렁 달린 홍시들이 알전구처럼 따뜻하다.

보물창고를 찾아가는
여행 같은 수필

－임민자 에세이 ≪보물창고≫를 중심으로

정춘근

시인

보물창고를 찾아가는 여행 같은 수필

1. 시작하는 말

우리들이 어렸을 때 읽었던 동화 중에 ≪보물섬≫(寶物섬, Treasure Island)이 있다. 로버트 루이스 스티븐슨의 소설이라는 작가가 어린 아이들에게 모험 이야기를 들려주기 위해 지었다고 한다. 이 동화를 읽었던 세대들이 자라나서 모두 어른이 되었지만 마음 한 구석에는 보물섬을 찾아 떠나는 것을 꿈꾸었던 기억이 있을 것이다. 실제 보물 섬을 찾는 것보다는 그런 상상을 꿈꾸던 시절이 더 소중하다. 요즘처럼 스마트폰과 컴퓨터가 지배하는 세상에서는 엉뚱하지만 보물섬을 찾아 떠나는 모험이 있는 세상을 다시 오지 않을지도 모른다. 그러나 분명한 것은 살다보면 황금이 아니더라도 보물보다 소중한 사연이 있고 또 추억이 있다. 그런 추억을 글로 남겨두는 것은 작가로서 보물 같은 축복일 것이다. 그런 생각을 잘 표현한 것이 만해 한용운(韓龍雲, 1879~1944) 선생이다. 시집 ≪님의 침묵≫의 첫 페이지 '군 말 [序]'에서 다음과 기록하고 있다.

'님'만 님이 아니라 기룬 것은 다 님이다. 중생衆生이 釋迦의 님이라면

哲學은 칸트의 님이다. 장미화薔薇花의 님이 봄비라면 마치니의 님은 이태리다. 님은 내가 사랑할 뿐 아니라 나를 사랑하나니라.

戀愛가 자유라면 님도 自由일 것이다.

여기서 님은 단군조선 시대에 땅의 신, 태양의 신을 '니마'라고 불렀는데 이것이 음운 변천을 한 것으로 절대자라는 의미로도 쓰이지만 '정말로 필요한 存在' 즉 보물과 같은 것이라고 노래를 하고 있다. 이렇게 생각을 하면 두 번째 작품집을 발간하는 임민자 수필가의 글에서는 보물 같은 글로 채워져 있어 마치 깊숙이 감추어 두었던 보물창고를 여는 것 같은 느낌을 주고 있다. 그렇다면 작가가 생각하는 첫 번째 보물창고는 무엇일까? 읽는 사람에 따라서 호불호가 갈릴 수 있겠지만 아무래도 가족이라는 생각으로 첫 번째 보물창고라고 정하고 다음과 같이 읽어 보았다.

2. 첫 번째 보물창고 '가족'

우리가 흔히 쓰는 가족의 어원은 라틴어 파물루스(famulus)에서 유래된 것이다. 이 단어가 각 민족에게 전해지면서 family(영어), famille(프랑스어), famiglia(이탈리아어), Familie(독일어) 등으로 유럽 전역에서 공히 활용되고 있다. 특히 Famulus는 부모와 자녀라는 현재적 의미의 가족이 아니다. 한 남성(paterfamilias)의 부인·자녀·노예와 가축을 망라하는 전체 소유물을 지칭하는 것에서 출발을 하고 있다. 이렇게 탄생한 '가족'이라는 개념은 현대에는 서로 의지할 수 있는 최소한의

단위로 변화를 겪고 있지만 분명한 것은 작가들에게는 작품을 창작의 기초가 되고 있다고 해도 과언이 아니다. 그런 점에 근거하지 않더라도 임민자 수필가는 작품 곳곳에 가족에 대한 진한 사랑을 담고 있어서 읽는 사람에게는 '서로 모여서 이야기를 나누는 듯한 친숙한 느낌'으로 다가온다. 그렇게 읽히는 작품을 골라보면 다음과 같다.

명절 쇠고 떠나는 날 새끼 쳤던 포대를 자식들 차에 실어 주었다. 작은며느리가 내 눈길을 피해 쌀 포대를 형님네 차로 옮기는 게 아닌가. 아마도 도시락 싸가는 형님네를 생각한 듯 했다.

나는 자식들의 모습에서 전래동화에 나오는 의좋은 형제의 그림을 보고 있었다.　　　　　　　　　　　　　　 －〈새끼 치는 쌀 포대〉─部

한숨만 푹푹 쉬는 큰아들과 둘째에게 통화하면서 수술 안 하고 이대로 살다 가겠다고 어린 아기처럼 떼를 썼다. 형들에게 연락받고 막내가 전화를 했다.

"엄마가 없으면 우리는 어떻게 해."라는 막내의 애절한 목소리가 완강하게 버티던 나를 흔들고 있었다. 막내는 어릴 적에도 오랫동안 내 젖가슴으로 파고들던 아들이었다.　　　　　　　　 －〈아직 할 일이 많아〉─部

손이 참 따뜻하다. 온기에 깜짝 놀라 눈을 떴다. 커튼 사이로 비치는 불빛, 옆자리에 누워 누군가 내 손을 주무르고 있었다. 희미한 불빛에 큰아들 얼굴이 보였다. 밤마다 통증 때문에 신음하는 내 곁에서 손과 다리를 밤새 주무른 것 같다.　　　　　　　　　　 －〈큰아들〉─部

막내부부는 그동안 내 구두 뒤꿈치 같은 결혼생활을 유지하며 살았다. 오늘 며느리 행동을 지켜보았다. 며느리의 현명한 판단이 부부가 살아가는 데 큰 힘이 될 거라 믿으며 막내는 앞으로 걱정할 것이 없다.

―〈며느리는 흑기사〉 一部

며느리가 계산한다는 말에 이것저것 골라놓고 보니 미안한 생각이 들었다. 그래도 한편으로는 마음이 부자가 된 듯했다.

막내는 계산하는 아내 눈치를 살피며 넉살스럽게 한 마디 한다.

"엄마 생일 선물이야…."

―〈생일 선물〉 一部

큰아들 내외가 보낸 안마기는 액정화면이 고정돼 있어서 더 편리했다. 고가의 선물을 보낸 아들에게 전화를 하면서 "절대 사달라고 안 했는데…" 오래 전부터 큰아들은 집에 있는 안마기가 늘 마음에 걸렸단다.

―〈절대 사달라는 건 아니다〉 一部

인용한 글들은 임민자 수필가의 삼형제와 며느리들 이야기를 담은 것을 고른 것이다. 첫 번째 글은 명절을 지내고 집으로 돌아가는 자식들에게 쌀을 한 포대씩 나누어줬는데 전래 동화에 등장하는 의좋은 형제처럼 서로를 생각하는 마음을 담고 있다. 자기 것만 챙기려는 욕심이 가득한 세상에서 쌀 포대를 통해 보여주는 우애를 바라보는 시어머니는 세상에서 가장 큰 설날 선물을 받은 것이라는 생각이다. 그리고 임민자 수필가가 수술을 안 하겠다는 미련한 생각(?)을 했을 때 막내아들이 내뱉은 '엄마 없으면 어떻게 사느냐'는 말은 읽는 사람을 울컥하게 만들고 통증 때문에 잠을 못 드는 엄마 손을 밤새워 주물

러줬던 큰아들의 묵묵한 사랑에서는 장남 특유의 묵묵하면서 속이 깊은 효심을 공감하게 만든다.

더욱 눈길을 끄는 것은 며느리들과의 관계이다. 요즘처럼 고부간의 갈등이 일상화 되어 있는 세상에서 시어머니의 망가진 신발을 현장에서 테이프를 구해 임시방편으로 고쳐 주는 대처 능력에 감탄하면서 흑기사로 표현한 것에서는 상호 간에 신뢰감이 물씬 묻어난다. 이어서 등장하는 '생일 선물'에서 엄마가 좋아하는 건어물을 너무 많이 산 것을 보고 생일 선물이라고 에둘러치는 막내아들과 싫은 기색 없이 카드로 결제를 하는 며느리의 모습은 하늘이 점지한 천생연분으로 보여진다. 그리고 마지막에 소개된 '고가의 안마기'를 선물로 받는 내용에서는 '갖고 싶으면서 차마 말을 못 꺼내는 엄마' '그 속내를 읽고 선물을 하는 큰아들 내외의 따뜻한 줄다리기'는 행복한 가족의 전형으로 보여지고 있다.

눈부시도록 고운 한복을 입고 손녀들은 세배를 한다. 세뱃돈 챙기는 손녀들 고사리 손에 어린 시절 내 추억도 복주머니에 함께 넣는다.
                                                          −〈설빔〉 一部

집으로 가기 전 날 밤, 누리는 고사리손을 내 새끼손가락에 걸었다. 그리고 손도장을 꾹꾹 찍었다.
"내 피와 할머니 피, 맛있는 것 알지?"
"그래, 너와 나는 꿀맛 같은 피가 닮았어."
누리는 내 목을 꼭 껴안아 주고 갔다.
                                                          −〈닮은꼴〉 一部

누리와 함께 단골로 가는 옷가게를 그냥 지나치기 못하고 누리가 입을 만한 원피스가 밖에 걸려있으면 한 번씩 만져보곤 한다. 그런 나를 가게 안에서 바라보는 주인은 빙그레 웃는다.

－〈사랑의 묘약〉 一部

만날 때마다 오이처럼 쑥쑥 자라는 손녀의 야무진 입에서 풍선껌처럼 호호 불어대는 말에 감탄을 금치 못한다. 눈에 넣어도 아프지 않는 우리 아기들을 위해 내가 무엇이든 해주고 싶다. 앞날을 내다볼 수 없는 내 삶이 손녀들을 볼 때마다 욕심이 조금씩 생긴다.

－〈약속〉 一部

오랜 기다림 끝에 내 품을 밀어내던 손녀가 이제는 살포시 안긴다. 용돈을 줘도 며느리 손에 억지로 받던 손녀가 기어들어가는 목소리로 인사까지 한다. 묻는 말에 곧잘 대답도 했다. 그뿐이랴 직장에서 지친 어미를 위해 더러는 밥도 해놓고 설거지도 한단다.

－〈아픈 손가락〉 一部

여자아이 옷을 사고 싶었던 오랜 꿈이 여섯 손녀들이 태어나면서 넘쳐나고 있다. 가끔 오는 고등학생인 큰손녀부터 중학생과 초등학생, 유치원 다니는 막내 손잡고 옷 사러 가는 재미까지 쏠쏠하다. 내년 봄나들이는 멜빵 달린 남자아이 옷을 사러 가고 싶다.

－〈핑크빛 원피스〉 一部

우리의 말 중에는 매우 사랑하고 소중히 여긴다는 의미로 '애지중지(愛之重之)'가 있는데 구체적으로 자식을 사랑하는 표현으로 '금지옥엽(金枝玉葉, 매우 소중하고 귀한 자식을 이르는 말)'을 쓰고 있다. 같은 한자 문화권인 고 중국에서는 진나라 때 부현이라는 사람이 지은 단가행(短歌行)에서 유래한 '장상명주(掌上明珠, 손바닥 위의 명주로 만든 구슬, 애지중지 아끼는 자녀, 특히 딸)'가 있다. 이렇듯 자식은 부모 사랑의 결정체이면서 전부라고 할 수 있다. 임민자 수필가도 예외 없이 자식에 대한 애정은 남다른데 특히 손녀에 대한 시각은 할머니만 느낄 수 있는 아리아리한 사랑을 수필 속에 보물처럼 담아 놓고 있다.

'설빔'을 곱게 차려 입고 절을 올리는 손녀들에게 세뱃돈을 주면서 그들이 챙겨 넣는 복주머니에 자신의 옛 추억을 고이고이 접어 넣는 모습과 유난히 모기에 잘 물리는 체질을 가진 손녀와 손가락을 걸고 약속을 하는 모습은 오래 전에 맺었던 깊은 인연을 보는 듯하다. 또 '사랑의 묘약'에서 상점에 진열된 원피스를 보고 손녀를 떠올리는 모습과 눈에 넣어도 아프지 않은 손녀들을 위해 무엇인가 해주고 싶은 마음을 담은 '약속' 오랫동안 마음의 문을 열지 않던 손녀가 변하는 모습을 이야기한 '아픈 손가락'에서는 할머니도 천상 여자라는 것을 보여주고 있다. 이렇게 자라서 중학생, 초등학생, 유치원생이 된 여섯 명의 손녀들 앞세우고 옷을 사러 가는 재미는 성공한(?) 할머니의 전형이라는 생각이 들지만 은근슬쩍 '내년 봄나들이는 멜빵 달린 남자아이 옷을 사러 가고 싶다.'는 표현으로 손자를 갖고 싶다는 욕심을 드러내고 있는데 이 부분에서는 며느리들이 긴장을 할 것 같기도 하다.

3. 두 번째 보물 창고 부모 형제들

조선시대 1553년(명종 8년)에 발간된 부모은중경에는 열 가지 은혜가 이렇게 나와 있다. ① 어머니 품에 품고 지켜 주는 은혜[懷耽守護恩], ② 해산날에 즈음하여 고통을 이기시는 어머니 은혜[臨産受苦恩], ③ 자식을 낳고 근심을 잊는 은혜[生子忘憂恩], ④ 쓴 것을 삼키고 단 것을 뱉아 먹이는 은혜[咽苦甘恩], ⑤ 진 자리 마른 자리 가려 누이는 은혜[廻乾就濕恩], ⑥ 젖을 먹여서 기르는 은혜[乳哺養育恩], ⑦ 손발이 닳도록 깨끗이 씻어주시는 은혜[洗濁不淨恩], ⑧ 먼 길을 떠나갔을 때 걱정하시는 은혜[遠行憶念恩], ⑨ 자식을 위하여 나쁜 일까지 짓는 은혜[爲造惡業恩], ⑩ 끝까지 불쌍히 여기고 사랑해 주는 은혜[究竟憐愍恩] 등이다. 이렇게 헌신적인 희생으로 평생을 사신 부모님에 대해서는 임민자 수필가도 다양한 작품을 창작을 하고 있다. 자신을 닮은 아버지에 대한 작품이 여러 편이 등장을 하는데 소개를 해보면 다음과 같다.

새순이 돋은 가지 사이로 동생을 세워놓고 셔터를 눌렀다. 그 옛날 자랑스럽게 나를 카메라에 담던 아버지가 왈칵 그리움으로 밀려왔다. 아마도 아버지는 어린 시절 함께했던 추억을 떠올리고 싶어 딸들 발길을 이곳으로 돌리게 한 것 같았다. ─〈옛 교정에서〉 一部

아버지는 내가 좋아하는 것을 어찌도 그리 잘 아시는지 사오는 것마다 내 마음을 황홀하게 했다. 코를 톡 쏘는 사이다, 알갱이가 가득 찬 단팥빵, 버터향이 그윽한 비스킷, 입안을 채워주는 눈깔사탕 등등, 아버지를 떠올릴 때마다 반짝이는 내 추억의 아름다운 삽화이다.

-〈그리움의 불꽃을 피우다〉一部

그리움이 치밀면 귀 떨어진 상자를 연다. 그 안에 활짝 웃는 아버지사진이 있다. … 상자 속 아버지와 또 하나의 추억을 꺼내 손가락이 부르트도록 밤을 새며 소곤거린다.

-〈상자 속 아버지〉一部

"딸은 아버지를 닮아야 잘 산다."
아버지는 자신을 닮은 딸의 투정에 싱글벙글거렸다.

-〈성형수술〉一部

아버지는 사진관을 경영했다는 것이 '그 옛날 자랑스럽게 나를 카메라에 담던 아버지'로 표현되어 있으며 딸을 보고 싶어 옛 교정으로 부른 것 같다고 할 정도로 간절한 대상이었던 것 같다. 그리고 소풍이 가는 날이면 당시 아이들에게 선망의 대상이었던 사이다, 단팥빵, 비스킷 등을 마련해 주신 아버지가 마치 아름다운 동화에 등장하는 삽화 같다는 표현보다 적절한 이미지를 없을 듯하다. 그런 아버지가 작고를 한 뒤에 사진 액자를 들고 그리워하는 작가의 귓전에는 '딸은 아버지를 닮아야 잘 산다.'는 낮은 목소리가 떠나지 않을 것 같다는 상상을 하게 만든다.

그렇다면 어머니에 대한 생각은 어떻게 형상화되어 있을까? 그것은 돌아가신 뒤에 후회와 아쉬움이 가득해 읽는 사람의 가슴을 아리게 만든다. 어머니에 대한 깊은 미움의 골리 깊어서 글을 쓰면서 처음 떠오른다는 것은 '미움의 뿌리가 사랑'이라는 사실을 증명하고 있다. 그런 것은 돌아가시고 같은 연배가 돼서야 '어머니가 간절하게 꿈꾸던 세상을 이해하게 되고 후회하는 마음으로 가슴을 치는' 안타까움을 지나간 바람으로 표현한 것은 많은 독자들에게 부모님을 생각하게 만드는 힘이 있다.

부모님뿐만 아니라 여동생과 남동생을 살뜰히 챙기는 언니의 마음이 작품 곳곳에 등장하고 있다. '훗날 부모님을 만나더라도 당신들이 걱정하셨을 형제들을 내가 대신 잘 챙겼다.'라는 안심과 가장 노릇을 하던 7080시대 언니들의 가족애가 잘 담겨 있어 몇 편을 소개해 보면 아래와 같다.

얼마나 오랜 세월 미움의 골이 깊었던지 내가 글을 쓰면서 처음으로 떠오르는 사람이 있었는데 바로 어머니였어요. 밤을 지새우며 꾸역꾸역 토해내는 글은 서러움으로 넘쳐 원고지가 얼룩으로 물든 날이 많았답니다. 겹겹이 쌓인 상처를 한 가닥씩 꺼내어 글로 탄생시키면 나도 모르는 사이 아픈 기억들이 점점 희미해져만 갔어요.

－〈어머니께 부치는 편지〉 －部

내 어머니 또한 얼마나 넓은 세상을 꿈꾸었을까. 조금만 더 일찍 깨달았다면… 하는 후회가 가슴을 친다.

－〈지나간 바람은 언제나 그립다〉 －部

"언니가 오래 살아야 강원도 옥수수를 맛보는데… 제발 아프지 마."

－〈내가 살아야 하는 이유〉 －部

어린 시절 제대로 된 학용품도 가져 본 적 없는 동생에게 골고루 마련해 이름표까지 붙여 선물을 했다. 남동생은 책가방 사라며 금일봉을 보냈다.

－〈동생은 중학생〉－部

부모님 생전에 제일 아픈 손가락이었던 쌍둥이 남동생, 먼 훗날 부모님 만나면 쌍둥이들의 보호자 노릇했다고 자랑하고 싶다.

－〈쌍둥이 남동생〉

4. 세 번째 보물 창고 다정한 이웃들

인간이 살아가면서 좋은 이웃을 만난다는 것은 복이라는 생각이 들 때가 많다. 이웃은 바로 옆에 붙어사는 사람들에게 한정이 되지 않고 모임이나 다른 활동 또는 우연이라는 이름으로 만나는 것을 통틀어 지칭하는 것이다. 그런데 실생활에서는 마음에 꼭 드는 이웃과 인연을 맺는 것은 속된 말로 '전생에 나라를 몇 번 구하지 않으면' 어려운 것은 사실이다. 그런 생각을 잘 표현한 것이 단편 소설의 완성자라 평가 받는 상허 이태준 선생의 『무서록』에 잘 나와 있다. 서울 성북구에 수연산방을 짓고 생활을 하던 1936년 1월 잡지 〈중앙〉에 '옆집의 냄새 業'으로 발표된 내용을 보면 자신의 생활에 영향을 미치는 세 이웃으로 첫째 불과 백 평 남짓한 곳에 수백 마리 닭을 길러 조용히 생각을 하려면 머리를 흔들어 놓는 닭을 치는 집, 둘째는 마당에 콩기름 가마를 걸오 놓고 마메콩을 튀겨서 역겨운 냄새를 풍기는 집, 마지막으로 산 위에 새집을 건축해서 이태준 선생 마당이 빤히 쳐다보이는 이웃이라고 했다. 이런 이웃을 만난 이태준 선생은

'나의 부덕'이라고 한탄을 하고 있는데 임민자 수필가의 작품에는 못된 이웃보다는 마음이 순수한 사람들로 넘치는 것은 그 만큼 덕을 많이 베푼 것이라는 생각으로 작품을 정리해 보았다.

언제나 치료 받고 오는 날에는 주변에 사는 언니나 동생들이 지친 입맛을 돋우는 음식을 식탁에 차려놓고 갔다. 산에서 주워 손수 만든 도토리묵을 시원한 동치미 국물에 말아 먹으면 메슥거린 속이 가라앉았다. 그 사람들의 정성으로 항암하면서도 음식은 잘 먹었다.

−⟨아직 할 일이 많아⟩ 一部

항암치료 받고 오면 우렁각시가 다녀갔는지 식탁에 도토리묵이 놓여 있곤 했다. 냉장고를 열면 동치미 국물도 눈에 띄었다. 보기만 해도 메슥거리는 속이 금세 가라앉을 것 같았다.

−⟨도토리 묵밥⟩ 一部

큰 숙이와 작은 숙이를 앞세우고 오랫동안 남편의 병간호를 하다가 잠시 내려 온 회원을 찾아갔다. 그녀는 핼쑥한 얼굴로 잠시 일하던 손을 멈추고 우리를 반갑게 맞이했다. 그녀는 오랜만에 만난 우리에게 줄 게 없다며 밭에 흐드러진 딸기를 따가라고 성화를 해댔다.

−⟨민들레⟩ 一部

시간을 쪼개서 사니 따발총 쏘듯 빠른 말에서 그녀의 급한 성격의 나타났다. 오후가 되면 그녀를 찾는 아이들 호출, 쌀 배달로 동에 번쩍 서에 번쩍 다녔다.

−⟨홍길동 여동생⟩ 一部

위의 글은 임 수필가가 문예창작활동을 하면서 만난 이웃들의 이야기이다. 항암치료를 받고 와서 힘없이 집의 문을 열었을 때 정성이 담긴 묵밥을 먹으며 기운을 차리는 것을 사실적으로 표현을 하고 있다. 또 다른 작품에서는 이웃의 어려움을 같이 하는 회원들의 진솔한 모습과 나름대로 열심히 사는 것을 '동에서 서에서 번쩍 하는' 홍길동에 비유한 것으로 신선한 느낌을 주는 작품이기도 하다.

언니와 나는 이런저런 이야기하다 즐거운 상상을 하며 오랜만에 맘껏 웃었다. 여자들 셋만 살 수 있다면, 언니와 나는 우리 회원 중에 재주 많고 마음이 통하는 친한 언니를 껴주자고 했다. 언니는 여성스러우니 집안 살림하고, 친한 언니는 운전에다 여행 상식까지 풍부하니, 우리의 발이 되어 줄 거라고 했다.　　　　　　　　　　　－〈부부는 평행선〉一部

보릿고개 시절을 겪으며 어렵게 학교 다녔던 친구들이다. 만날 때 마다 이야기보따리를 풀어 놓으면 한 편의 소설책이 된다. 우리들의 풋풋한 인연들이 반세기를 넘어 이제는 헤어질 날이 머지않았다.
　　　　　　　　　　　　　　　　－〈우리는 열다섯 소녀〉一部

풋풋한 시절에 만났던 인연이 강산을 세 번이나 넘기고 있다. 윤 병장 덕분에 추석 때는 달콤한 가평 포도와 설 명절에는 싱싱한 두릅 맛을 은근히 기다려진다.　　　　　　　　　　　－〈삽십년 전우애〉一部

가을에 첫 수확한 쌀가마를 왜소한 등짝에 메고 끙끙대며 현관에 내려 놓았다. 이마에 맺힌 송골송골한 땀방울을 손으로 훔치며 흐뭇하게 미소

짓던 그의 모습을 나는 평생 잊을 수 없다.

-〈그에게 띄우는 편지〉 一部

고등학교 입학하고 처음 맞이하는 축제였다. 설렘으로 가득한 학우들은
모두 걱정스런 눈빛이었다. 다른 반에 비해 우리 반은 갓 시집 온 색시처럼
조용하고 얌전한 학우들이 많았다.

-〈공부하기 딱 좋은 나이〉

살인, 사기, 차라리 생활고로 남의 물건을 훔치는 절도범이었으면 했다.
그러면 재판 때 뱃속아기를 봐서라도 가벼운 죄로 석방될 것만 같았다.
태교하면서 좋은 것 보고, 듣고 먹어야 할 엄마가 수갑을 차야 하다니….
재판 때 아기는 엄마의 죄목을 낱낱이 듣고 귀를 막을 것이다.

-〈엄마의 죄는 두 배〉 一部

눈만 뜨면 할머니는 집에 못가 안달이 났다. 할머니가 정성껏 가꾼 텃밭
에는 고추도 있고, 참깨, 들깨 등 가정에 필요한 양념을 골고루 심었다고
했다.

-〈집 타령〉 一部

한국에서 그녀를 만날 때는 평범한 아가씨로 생각했는데 이곳에 와서
보니 선교사들에게 존경받는 여인이었다.

-〈태국 여행지에서 겪은 일〉 一部

이밖에도 작품 속에 등장을 하는 이웃들은 인용한 글처럼 다양하
다. 오랜 기간 언니처럼 만나서 정을 쌓고 사는 이웃들의 이야기가

담긴 '부부는 평행선' '우리는 열다섯 소녀' 재미있게 읽히면서도 지난 세월에 대한 짙은 아쉬움을 느끼게 하고 있다. 또 남편의 군대 생활에서 만난 사람들이 오랜 기간 정을 쌓고 사는 '삽십년 전우애' 첫 수확을 한 쌀을 지고 온 고마운 사람의 땀방울을 기억하는 '그에게 띄우는 편지'도 수필의 깊이를 더하고 있다.

그리고 다시 시작한 학업 과정에서 만난 급우들의 이야기 '공부하기 딱 좋은 나이' 병실에서 만나서 안타까움을 담아낸 '엄마의 죄는 두 배' '집 타령'도 우리들의 이야기처럼 생생하게 들리면서 태국에서 만난 사연을 담은 글에서는 진정한 봉사 의미를 다시 생각하게 만들고 있다.

4. 보물 창고는 작가의 마음이다

바람에 깃발이 흔들리고 있었다.
한 스님이 말을 했다
"깃발이 흔들리는 구면."
다른 스님이 말을 했다.
"바람이 흔들리는 것일세."
옥신각신하고 있는데, 육조혜능(700~790년)이 말을 했다.
"바람이 흔들리는 것도 깃발이 흔들리는 것도 아니고 그대들 마음이 흔들리고 있는 걸세"

위의 이야기는 모든 것이 사람의 마음에서 나온다는 것을 잘 보여주는 경우이다. 다시 말을 하자면 어린 시절 누구나 한번쯤 꿈꾸었던

'보물섬'은 세상 바다가 아니라 우리들 동심 속에 있었던 것이다. 그런 생각으로 이번 수필집 '보물창고'는 임민자 수필가 마음을 쓴 것이다. 보물상자를 여는 기분으로 '내 보물 창고를 기다리는 젊은이가 예전엔 많이 있었다.'로 시작되는 작품 〈보물창고〉를 읽어보면 다음과 같다.

내가 보물창고를 만든 사연이 있다. 남편이 제대하고 우리는 군부대 자판기를 십여 년 가까이 관리했다. (…)

어느 날 나는 차 안에 보물창고를 만들었다. 색색의 사탕과, 초콜릿을 창고에 가득 채웠다. 사탕은 아는 지인이 운영하는 주유소에서 손님에게 나눠 주는 사은품을 박스째 샀다. (…)

보물창고를 꽉 채운 보석 같은 색색의 사탕과 초콜릿을 위병소를 지날 때마다 한 움큼씩 나눠주고 다녔다. (…)

삼복더위나 겨울철에는 달콤한 맛보다 갈증을 식혀주는 냉커피나 음료가 좋을 것 같았다. 자판기 일을 마치면 준비해간 물병에 유리알처럼 떨어지는 얼음과 주스를 가득 담았다. (…)

처음엔 커피 병과 사탕을 내밀면 얼떨떨하던 병사들이 많았다. 그러나 하루도 빠짐없이 건네는 내 손을 병사들은 은근히 기다린 듯했다. (…)

혹시라도 바쁜 일에 허둥대다 간식을 못 챙기면 반짝이던 그들 눈빛이 실망감으로 가득했다. 병사들 맑은 눈빛에서 군대 간 자식이 생각나 보물창고를 가득가득 채우며 일을 다녔다. (…)

명절 때 차례를 지내고 나면 며느리들은 도시락을 쌌다. 오래 전부터 내가 해왔던 일을 며느리들은 더 잘 알고 있었다. (…)

쉬는 날이면 밀려드는 병사들 때문에 때를 놓친 PX관리병들이 마음에 걸렸다. 그리고 감질 나는 간식만 나눠주던 위병소에 명절 하루만이라도 푸짐한 엄마의 손맛을 보여주고 싶었다.

-⟨보물창고⟩ 要約

　군대시절을 보낸 남자들이라면 아무리 먹어도 배가 고프고, 머리를 어디에 기대기라도 하면 대책 없이 쏟아지던 졸음을 기억할 것이다. 그렇다고 주머니 사정이 넉넉지 않는 병사들에게는 작은 사탕 과자 한 개가 소중한 것이던 시절이었다. 그런 허기 속에 근무를 서는데 어머니 또래의 여자가 사탕이나 초콜릿을 주고 한겨울에는 가슴을 데워주는 커피를 준다면 너무 행복할 것이다. 군대 생활이 힘들어서 혹시 딴 마음을 먹었던 병사들도 달콤한 사탕 한 개에 스스로 녹았을 것이다. 또 제대를 마치고 고향에 돌아가서도 달콤했던 기억을 잊지 못할 것은 분명하다. 세상에서 가장 불행한 것이 잊혀진 것이라는 이야기가 있다. 그런데 누군가 내가 한 일을 기억하고 감사를 드리고 있다면 세상 어느 보석보다 빛나는 것이다. 지금 이 순간에도 중년을 넘긴 남자가 우리 지역에서 군부대 생활을 떠올리면서 임민자 수필가에게 감사를 드리고 있다는 상상을 하면 '향긋한 초콜릿'을 입에 물고 있는 느낌으로 행복해지지 않을 수 없다.

5. 정리를 하면서

　우리 문단에는 수많은 작가들이 탄생을 하고 있다. 치열한 습작 기간을 거쳐서 등단을 꿈을 이루는 작가들이 지속적으로 작품 활동을 하는 경우가 많지 않다. 이유는 아직 충분한 단련을 받지 못한 상태에서 작가의 발을 일찍 내딛은 후유증이다. 또 다른 것은 작가가 되었다는 만족감이 빚은 참사(?)이기도 하다. 이런 점을 극복하고 실제 첫 작품집을 내는 작가는 절반도 되지 않는 상태이고 두 번째 작품집을 내는 사례는 더 줄어들고 있다. 이렇게 작가들이 단명을 하고 있는 세태에서 두 번째 수필집을 낸 것은 남다른 노력의 산물이라는 판단이다. 특히 한 가정의 주부, 여섯 손녀의 할머니, 문학 단체 회원, 여기에다가 만학의 꿈을 이루기 위해 밤낮으로 공부를 하고 있으면서 항암치료를 받고 있는 몸으로 창작활동을 포기 하지 않는 열정은 세상 어느 작가와도 비교해도 뒤지지 않을 것이다. 그런 노력의 결실은 마치 '바다 속에 조개가 자신 살을 파헤쳐 진주를 만드는 과정'에 비유해도 무리가 아닐 것이다.

그런 과정을 담은 이번 두 번째 수필집이 많은 사람들에게 읽히기를 바란다. 지난 첫 수필집 보다 더 뜨거운 독자사랑을 받을 수 있기를 기원하면서 그 동안의 노고에 박수를 보내는 바이다.

어머니의 첫 출판기념회에서

숨비 소리를 아십니까? 아시는 분들은 아시겠지만 숨비 소리는 제주도 해녀들이 바다 10~20m 속으로 숨을 참고, 참고 들어가 가족들의 생계를 위해 해산물을 채취하고, 물위로 올라와 고통 속에 거친 숨을 토해 낼 때 나는 휘파람 소리입니다. 또는 고통에 찬 짐승들의 신음소리 같은 소리, 이것이 숨비 소리입니다.

어릴 적 생각을 돌이켜보면 아주 많은 엄마의 숨비 소리를 들었던 것 같습니다.

엄마는 집안 형편이 갑자기 어려워지자 자식들의 학비를 벌기 위해 뜨거운 한여름 다른 집 농사일이나 밭일을 다니셨습니다. 해질녘에 집에 오시면 자식들 저녁밥을 차려주시고 돌아서서 에~휴… 땀으로 젖은 품값 5000원을 자식들 우윳값으로 3600원 손이 쥐어주셨습니다. 그리고 돌아서서 남은 1,400원을 보시면서 에~휴… 내시던 한숨소리가 지금까지 귓전에 맴돕니다. 또 자식들이 밖에서 놀다 다치고 돌아오면 혼내시고는 돌아서서 에~휴… 참으로 엄마의 그 숨비 소리를 많이 들었던 것 같습니다.

그때는 몰랐습니다. 엄마는 돈을 달라고 하면 다 주는 사람이고, 사고 싶은 거 사달라면 다 사주는, 내가 원하는 모든 것을 해주는 사람이라 생각했습니다.

이제 제 나이 마흔이 넘어 아이들을 낳고 기르면서 우리 엄마의 대단함을 알게 되었습니다. 모든 세상의 엄마들이 우리 엄마 같지 않다는 걸요.

우리 형제들은 알고 있습니다. 그 힘든 생활 속에서도 자식들 남에게 꿀리지 않게 보다 좋은 교육을 시키셨습니다. 그 어떤 엄마보다도 치열하고 전쟁 같은 삶을 슬기롭게 헤치며 살아오셨습니다.

가끔 우리 엄마의 에~휴 하는 숨비 소리를 듣습니다.

그럴 때마다 이제 저 소리가 나지 않게 해드려야 하는데… 하지만 우리 엄마의 숨비 소리는 자식들을 걱정하는 소리입니다. 우리 엄마의 숨비 소리는 영면에 드시는 그날까지 계속 되리라 생각합니다. 왜냐하면, 왜냐하면, 우리 엄마니까요.

엄마! 고맙습니다! 감사합니다! 사랑합니다!
어떠한 글과 말로도 담아낼 수 없는 울 엄마.

2015년 9월
큰아들 방인철 올림

임 민 자 수 필 집

보물창고